U0404680

激发孩子想象力的古诗100首

戴建业——撰

復旦大學出版社

诗歌：激发想象力的酵母

戴建业

这本诗选主要是给中小学生看的。

可能有的家长马上会问：现在小孩负担这么重，为什么还要让活蹦乱跳的他们，去读这些“老掉了牙”的古诗呢？

看来，要想让孩子坐下来读古诗，你就得把诗歌讲得

有趣；要想让父母给孩子买古诗来读，你就得让他们明白读古诗有益。

英国那位“老奸巨猾”的培根劝人们读书的诀窍就是“诱之以利”：“读史使人明智，读诗使人灵秀，数学使人周密，科学使人深刻，伦理学使人庄重，逻辑修辞之学使人善辩：凡有所学，皆成性格。”可惜这段名言过于胶柱鼓瑟，它们看上去言之凿凿，其实大多似是而非——读史难道只能使人明智而不能使人庄重？读诗难道只能使人灵秀而不能使人明智？培根先生只知其一不知其二，还不如我们老祖宗孔子说得精彩：“兴于诗，立于礼，成于乐。”(《论语·泰伯》)

孔子将“兴于诗”作为成才和成人的起点，他多次告诫儿子和学生要认真学诗：“子曰：‘小子何莫学夫诗？诗，可以兴，可以观，可以群，可以怨。迩之事父，远之事君；多识于鸟兽草木之名。’”(《论语·阳货》)孩子为何要好好学诗呢？可以用诗启发想象，可以用诗感发志意，可以借诗观察社会，可以借诗领略自然，可以以诗乐群交友，可以以诗抒写哀乐……诗近可以用来侍奉父母，远可以用来服务国家，还可以借诗来识记各种鸟兽草木的名字。总之，读诗不仅仅能使孩子越来越“灵秀”，它还能让孩子的想象越来越丰富，让孩子的观察越来越细致，让孩子的情感越来越细腻，让孩子的谈吐越来越文雅，让孩子的体验越来越深刻，让孩子的精神越来越和谐，让孩子的人格越来越健全……

诗为什么“可以兴”？孩子为什么要“兴于诗”？汉人说“兴”是“引譬连类”，也就是由此物联想到彼物，是指学诗可以培养读者的想象力；宋人说“兴”是“感发志意”，也就是激起人们的情感意志，是指诗能激发人们的生命活力。

人的智力主要涉及想象、直觉、逻辑、记忆、语言等层面，其中想象是判断才华水平高下的重要指标，没有想象就不可能有技术发明，就不可能有科学突破，就不可能有艺术创造。遗憾的是，今天的家庭和学校教育，不是在引发孩子丰富的联想和想象，而是在残酷地窒息青少年的想象力。各种无聊且无用的培训，不断重复同一类型的习题，孩子所有时间和空间全被填满，他们失去了学习的乐趣，甚至失去了生活的勇气，哪还有去天马行空想象的心境和精力？引发想象力最好的方法，是让孩子去精读古代优美的诗词，让孩子有宽松的成长环境，有快乐的学习心情，这样，他们对“远方”才会有美好的憧憬，他们的思绪才会浮想联翩，他们的精神才会超越尘世进入美好的诗境。

如果说，想象、直觉等因素是创造的前提，那么生命的激情和冲动则是一切创造的源动力。没有了生命激情和冲动，所有才智都将休眠乃至休克，任何创造活动都无从谈起。要想点燃生命的火花，要想激发生命的冲动，古代那些壮美的诗词是最好的“兴奋剂”。朗诵一下王之焕的《登鹳雀楼》——“白日依山尽，黄河入海流。欲穷千里目，更上一层楼”，一个傻瓜也会领略到那种目极千里的眼界，那种无比开阔的胸怀，还有那“更上一层楼”的追求冲劲。

我们民族的文化修养深厚，我们使用的汉语形象生动而又富于表现力，几千年来我们的先人用它为人类创造了无数诗歌的艺术瑰宝，为世界贡献了许多伟大的诗人——屈原、陶渊明、李白、杜甫、苏轼……这本诗选精选了名家名作100余首，多半是朗朗上口的小诗，分为“人生酸甜”“名山大川”“天涯知己”“金戈铁马”四辑，希望在培养孩子想象力的同时，也让孩子有丰富的情感体验：让他们尽可饱览祖国名山大川的雄奇，可以一睹万马奔驰、千军决战的激烈，可以聆听山泉的叮咚，可以欣赏百花的绚丽，更可以体验到各种美好的人生，感受生活的酸甜苦辣……

每首诗都有必要的文字注释、简短的艺术评点。没有作详细艺术分析的原因，是想给孩子读诗时留下想象的空间。西方一位教育家曾批评说，我们今天给幼儿读的经典读物，成人的分析过于琐细，养成了孩子阅读偷懒的“恶习”。今天的儿童玩具过于精巧花哨，短暂的刺激过后就令人心生厌倦，从前那种简朴美观的玩具，反而更能吸引孩子们持久的注意和好奇。

我们编者和编辑尽心，但愿孩子们读来开心！

2021 年 6 月 20 日

目录

人生酸甜

名山大川

天涯知己

金戈铁马

少小离家老大回，
乡音无改鬓毛衰。
儿童相见不相识，
笑问客从何处来。

人生酸甜

大风歌

刘　邦

大风起兮[1]云飞扬，

威加海内[2]兮归故乡，

安得[3]猛士兮守四方！

〔注释〕

① 兮（xī）：古代汉语中的语气助词，与现代的“啊”相似。

② 威：权力。海内：四海之内，“天下”的意思。我国古人认为天下是一片大陆，周围环绕着大海，海外则荒远不可知。威加海内：平定四方，统一全国。

③ 安得：怎样才能得到。

〔艺术评点〕

汉高祖刘邦刚统一天下不久，别说分封的诸侯王不安分守己，跟他一起打天下的那些功高盖世的大臣也有不忠之心，边疆地区更需有人去防守，而真正忠心耿耿为他保家卫国的猛士太少了。刘邦登基后，回乡与沛县父老宴饮，心里还惦记着这些缠人的问题，想着想着，借助酒兴，他唱出了这首《大风歌》。诗表现了征服海内的胜利者的喜悦，对汉代江山能否长治久安的担忧，以及对卫国保家的猛士贤才的渴求。全诗气势宏伟，境界阔大，表现了一代开国之君的帝王气派。

刘邦（约公元前256—195年），沛郡丰邑（今江苏丰县）人，汉朝的建立者，为汉高祖皇帝，在位八年（一说十二年）。

归田园居

陶渊明

种豆南山①下，

草盛豆苗稀。

晨兴②理荒秽③，

带月④荷锄⑤归。

道狭草木长⑥，

夕露⑦沾我衣。

衣沾不足惜，

但使愿无违。

〔注释〕

① 南山：庐山。在陶渊明家园的南面附近。

② 晨兴：早起。理：治理，此处指锄掉。

③ 荒秽（huì）：杂草。

④ 带月：收工很晚，随着月光一起回家。

⑤ 荷（hè）锄：扛着锄头。

⑥ 草木长：草木丛生。

⑦ 夕露：晚上的露水。

〔艺术评点〕

这首诗朴实地叙述了田园劳动的艰辛以及陶渊明对这种农耕生活的喜爱。虽然地里的豆苗长得不景气，但诗人却为之洒下了许多汗水。他每天从日出到日入，没日没夜地劳动，身体疲惫，衣服被露水沾湿都无怨言。“带月荷锄归”写出了他劳动后悠闲、充实和轻快的心情，只要能实现“归耕”的心愿，只要在田园中能守住自己的真性，田园的劳苦生活也会变得轻松欢快。

陶渊明（约365—427年），又名潜，字元亮，浔阳柴桑（今江西九江）人。东晋杰出的诗人，诗歌多写隐居后的田园生活，具有很高的艺术成就。

回乡偶书[1]·其一

贺知章

少小离家老大回，

乡音无改[2]鬓毛[3]衰[4]。

儿童相见不相识，

笑问客[5]从何处来。

〔注释〕

① 偶书：偶有所感，随意写下来。

② 无改：没有改变，未改。

③ 鬓（bìn）毛：鬓发，耳朵前边的头发。

④ 衰（cuī）：头发变白、变疏。

⑤ 客：指贺知章。

〔艺术评点〕

贺知章一生在外做官，仕途顺利。他八十多岁回故乡时，唐玄宗亲自写诗送行，太子和百官也都为他饯别。因此，贺知章回乡时难免有些伤悲，但他还是那么幽默诙谐。无情的岁月催白了他的双鬓，使得家乡的儿童“笑问客从何处来”，但他以旷达之怀冲淡了人生的迟暮之感，诗歌写得轻松活泼，情趣盎然。

贺知章（约659—744年），字季真，会稽永兴（今浙江绍兴）人。盛唐诗人，官至太子宾客。为人豁达豪迈，擅长草书，工于绝句。

春　晓[1]

孟浩然

春眠不觉晓，

处处[2]闻啼鸟[3]。

夜[4]来风雨声，

花落知多少？

〔注释〕

① 春晓：春天的早晨。晓：天刚亮的时候。

② 处处：到处。

③ 啼鸟：鸟的啼叫声。

④ 夜：昨夜。

橙翅噪鹛（Trochalopteron elliotii）

〔艺术评点〕

首句写春睡香甜：朝霞抹红了山岗、屋顶，露珠儿在晨光中晶莹闪亮，我们的诗人还在梦中逍遥。次句写醒后的所闻：婉转动听的鸟鸣叫醒了他，欢迎他来尽享清晨这令人陶醉的春色。三四句写他醒后的所思所想：昨夜那剪剪春风，那潇潇春雨，不知抖落了多少花儿？只寥寥二十个字，就生动地传出了鸟语花香，展现了烂漫的春色和勃勃的生机，表现了诗人热爱春光、珍惜春光的美好情怀与热爱自然、热爱生活的人生态度，以及他那有点闲散的生活情趣。诗歌语言就像山中的泉水，叮咚悦耳，流转自然。

孟浩然（689—740 年），字浩然，襄州襄阳（今湖北襄樊）人。盛唐著名诗人，山水田园诗派的代表之一，在隐居和漫游中度过一生。与王维齐名，世称“王孟”。

少年行·其一

王　维

新丰[1]美酒斗十千[2]，

咸阳[3]游侠[4]多少年。

相逢意气[5]为君饮，

系马高楼垂柳边。

〔注释〕

① 新丰：故址在今陕西临潼东北。

② 斗（dǒu）十千：一斗酒的价钱值十千，形容酒的贵重。

③ 咸阳：秦的都城，此处借指唐代京城长安。

④ 游侠：好交游、重信义的侠义之士。

⑤ 意气：志趣和性格。

〔艺术评点〕

该诗通过高楼纵饮这一场面，刻画了盛唐时代游侠少年豪迈英武的风度、重义轻财的个性和死生相托的情怀，反映了那个时代意气风发、生机勃勃的精神风貌。

王维（约 701—761 年），字摩诘，河东蒲州（今山西永济）人。十九岁中进士，曾官至尚书右丞，世称“王右丞”。多才多艺，盛唐著名诗人、画家，山水田园诗派的代表之一。

凤头鹰（Accipiter trivirgatus）

观猎

王　维

风劲[1]角弓[2]鸣，

将军猎渭城[3]。

草枯鹰眼疾[4]，

雪尽马蹄轻。

忽过新丰市[5]，

还归细柳营[6]。

回看射雕[7]处，

千里暮云平[8]。

〔注释〕

① 风劲（jìng）：风又大又疾。

② 角弓：用动物的角做成的硬弓。

③ 渭城：秦时的咸阳城，汉称渭城，在今西安西北。

④ 眼疾：眼光锐利。

⑤ 新丰市：故址在今陕西临潼东北。

⑥ 细柳营：在今陕西长安，汉代名将周亚夫屯军的地方。

⑦ 雕：一种善飞的猛禽，古时称善射的人为“射雕手”。

⑧ 暮云平：暮云与地平线连在一起。

〔艺术评点〕

这首诗题为《观猎》，读者有机会“目睹”一场打猎的全过程。诗的前半部分写出猎，后半部分写猎归。全诗像一幅幅打猎的连环画，描绘了打猎的这位将军矫健、威武、豪迈的形象。诗风轻快流畅，气势飞动。

早发白帝城[1]

李　白

朝辞[2]白帝彩云间[3]，

千里江陵[4]一日还。

两岸猿声啼不住[5]，

轻舟[6]已过万重山。

〔注释〕

① 白帝城：在四川奉节县白帝山上。

② 朝辞：早晨辞别。

③ 彩云间：白帝城居长江上游，高入云霄。

④ 江陵：今湖北江陵。

⑤ 啼不住：不住地啼。

⑥ 轻舟：轻快的小舟。

〔艺术评点〕

公元759年春，诗人被流放到夜郎，行至白帝城，忽逢大赦，惊喜之中他乘船东下江陵。首句点明辞别的地点在“彩云间”，写出长江上下游的落差之大。“彩云间”不仅点明出发地点的绚丽景色，更暗寓了诗人兴奋喜悦的心情。将“千里”与“一日”连在一起，以空间之远与时间之暂进行对比，船行之速不言自明。最后两句写飞舟江峡的畅快感受，也隐喻他的人生已穿过险境进入坦途的兴奋心境。

李白（701—762年），字太白，号青莲居士，祖籍陇西成纪（今甘肃秦安），幼时随父迁居绵州青莲（今四川江油）。二十五岁离蜀，到各地漫游，天宝元年（742）供奉翰林，一年后离开宫廷，安史之乱中入永王李璘幕，璘兵败，流放夜郎（今贵州桐梓），中途遇赦，晚年四处漂泊，卒于当涂。唐代伟大诗人，诗风豪放浪漫。

秋浦[1]歌·其十五

李　白

白发三千丈，

缘[2]愁似个[3]长。

不知明镜里，

何处得秋霜[4]。

〔注释〕

① 秋浦：唐代县名，位于今安徽贵池，县西南有浦名秋浦。

② 缘：因为。

③ 个：这样。

④ 秋霜：指白发，形容头发白如秋天的霜。

〔艺术评点〕

第一句劈空而来，以夸张的手法描绘出一个令人心惊的形象，第二句接着徐徐解释“白发三千丈”的原因，“三千丈”的白发原来是因愁而生，可见诗人精神上的愁闷多么深重。人生白发与否及长短如何，只有照镜才能明白。后两句交代清楚：白发是从明镜中得知的，可是诗人被忧伤愁苦折磨得神情恍惚，连他自己也诧异明镜从哪儿得来这么多“秋霜”。诗人以一种极度夸张的语言和一波三折的构思，来表现自己愁肠百结、难以自解的精神苦闷。

渡荆门[1]送别[2]

李　白

渡远荆门外，

来从楚国[3]游。

山随平野尽，

江入大荒[4]流。

月下飞天镜[5]，

云生结海楼[6]。

仍怜[7]故乡水，

万里送行舟。

〔注释〕

① 荆门：山名，在今湖北宜都西北，位于长江南岸。

② 送别：指江水送自己离别蜀中。

③ 楚国：今湖北省及周边地区，春秋战国时属楚国。

④ 大荒：广阔无际的原野。

⑤ 月下飞天镜：月倒影水中，像从天上飞来的一面明镜。

⑥ 云生结海楼：江上云彩奇幻多变，像结成的海市蜃楼。

⑦ 怜：爱，此处有留恋的意思。

〔艺术评点〕

这首诗写于李白刚离开四川时。他离开故乡，没有半点骚人墨客离家时的悲愁，反而显得兴奋和激动。诗中的意境开阔、新奇而美丽，生动地表现了诗人开朗的心情、蓬勃的朝气。

独坐敬亭山[1]

李　白

众鸟高飞尽，

孤云[2]独去闲。

相看两不厌[3]，

只有敬亭山。

〔注释〕

① 敬亭山：原名昭亭山，在今安徽宣城北。

② 孤云：一片云。

③ 两不厌：彼此都不厌弃对方。

〔艺术评点〕

李白一生刚正不阿，从不随波逐流，更不与权贵同流合污，因此，他一生受尽权贵排挤、打击、诬陷，饱尝了世态的炎凉和生活的辛酸。本诗就是抒写他怀才不遇的孤独情感。能飞的鸟儿都远走高飞，能飘的云彩都飘然离去，好像世间的万事万物都在厌弃这位伟大的诗人，只有那座走不动、飞不了的敬亭山才是他的知心伴侣。诗人动情地望着敬亭山，敬亭山也在一动不动地凝视着诗人，诗人与山结成了一对患难知己。然而，山的“有情”正反衬出人的“无情”，使人感到天才被摧残、被冷落的悲哀；拟人的手法和平淡的语言，更生动地表现了诗人凄凉孤寂的心境。

鹗（Pandion haliaetus）

山中留客

张　旭

山光物态[1]弄春晖[2]，

莫为[3]轻阴便拟[4]归。

纵使[5]晴明无雨色，

入云深处亦沾[6]衣。

〔注释〕

① 山光物态：沐浴在阳光中的青山的光彩，及一切树木花草、飞禽走兽的形态。

② 春晖：春天的阳光。

③ 莫为：不要因为。

④ 拟：准备。

⑤ 纵使：即使。

⑥ 沾：沾湿。

〔艺术评点〕

一起携手同行的游伴见天色一阴，一人便先打退堂鼓，要下山归去，而诗人此时游兴正浓，如何留住这位想当“逃兵”的游客呢？诗人用眼前的山容水态，和就要见到的山色空蒙，来逗人流连、引人神往，即使是铁石心肠，也会回心转意——和诗人一起游到终点。全诗将写景、抒情和说理融合在一起，写得生动活泼、亲切有味。

张旭（约685—约759年），字伯高，苏州吴县（今江苏苏州）人。曾为金吾长史，世称“张长史”。盛唐大书法家，有“草圣”之称。诗存六首，都是写景抒情绝句，构思精巧。

春望[1]

杜甫

国破[2]山河在，

城春草木深[3]。

感时花溅泪[4]，

恨别鸟惊心[5]。

烽火连三月，

家书抵[6]万金。

白头[7]搔更短[8]，

浑[9]欲不胜簪[10]。

白胸燕鵙（*Artamus leucorynchus*）

〔注释〕

① 春望：眺望春天的景象。

② 国破：国家在战乱中四分五裂。

③ 城春草木深：春天京城草木丛生，一片荒凉。

④ 感时花溅泪：感叹时世艰难，看到花也流泪。

⑤ 恨别鸟惊心：因与家人分离，鸟声也使人惊心。

⑥ 抵：值。

⑦ 白头：白发。

⑧ 短：稀少。

⑨ 浑：简直。

⑩ 不胜簪：白发短少，插不住簪子。簪（zān）：古人用来绾定发髻或冠的长针。

〔艺术评点〕

公元 757 年，安史叛军占领京都长安，烧杀劫掠之后的京城面目全非，此时杜甫也困在长安。这首诗表现了杜甫将民族的命运与个人的命运联结在一起的高尚情怀，以及他爱国恋家的深厚情感。

杜甫（712—770 年），字子美，河南巩县（今河南巩义）人。唐代伟大诗人，与李白齐名，并称“李杜”。他的诗歌真实地反映了唐帝国由盛转衰时期的社会面貌和社会心理，他广泛地学习前人的艺术经验，实现自己多方面的艺术成就，被人誉为古代诗歌艺术的“集大成者”。

江南逢李龟年[1]

杜　甫

岐王[2]宅里寻常见[3]，

崔九[4]堂前几度闻[5]。

正是江南好风景，

落花时节[6]又逢君。

〔注释〕

① 李龟年：开元、天宝年间的著名歌唱家。

② 岐（qí）王：唐睿（ruì）宗第四子，玄宗之弟，睿宗在位时进封岐王。

③ 寻常见：常常见面。

④ 崔九：即崔涤，排行第九，深受唐玄宗赏识，曾任秘书监。

⑤ 几度闻：几次听到他的歌声。

⑥ 落花时节：暮春时节。

〔艺术评点〕

李龟年是唐玄宗开元、天宝年间，唐朝全盛时期的一位著名歌唱家。杜甫的青少年时代是李龟年艺术的鼎盛时期，又正逢国家的太平盛世，杜甫和李龟年经常在王公贵族的府上见面，几次听到他美妙的歌声。四十年后他们又在江南重逢，而此时唐王朝已由强盛滑向衰微，时世已由太平变为动乱，诗人已由烂漫的青年变为皮包枯骨的老翁，这位艺术家也由当年出入府第变为沦落街头。因此，这次相见引发了诗人无尽的沧桑感慨。诗歌流露了对“开元全盛日”的眷恋追怀，对如今世乱年荒和飘零不偶的沉重感伤。这一切都包含在叙事写景之中，只用“正是”“又”稍作转跌。时代的治乱，年华的盛衰，今昔的荣枯，尽在不言之中，咏叹有情，蕴藉无限。

听邻家吹笙[1]

郎士元

凤吹[2]声如隔彩霞。

不知墙外是谁家。

重门[3]深锁无寻处，

疑有碧桃千树花。

〔注释〕

① 笙：管乐器，以装有簧的竹管制成。

② 凤吹：笙由多根簧管组成，形如凤翼，声音清亮，好像凤鸣，所以称吹笙为“凤吹”。

③ 重（chóng）门：有多道门的房屋。

〔艺术评点〕

传说仙人王子乔喜好吹笙作凤鸣，首句说笙声“如隔彩霞”就是借用此事，突然听到悦耳的笙乐使人觉得好像它是从天而降。乐声这样吸引人，自然激起听者想要打听吹笙者的好奇，这就引起了“不知墙外是谁家”的疑问。遗憾的是重门深锁无处寻找，听者又沉浸在美妙的“凤吹”之中，好像走进了碧桃千树的天上仙境，是那么鲜艳，那么绚丽，那么欢快。这首诗在艺术上的最大特点，是将听觉形象转化为视觉形象，使无形的笙曲变得可见、可触。

郎士元（生卒年不详），字君胄，天宝进士，中唐前期诗人，“大历十才子”之一。

江村即事[1]

司空曙

钓罢[2]归来不系船[3]，

江村月落正堪[4]眠。

纵然[5]一夜风吹去，

只在芦花浅水边。

〔注释〕

① 即事：对眼前情景有感而作。

② 钓罢：钓鱼结束以后。

③ 系船：船停泊后用缆绳把船系在岸桩、岸树上，固定起来，不让它飘走。

④ 堪：可。

⑤ 纵然：即使。

〔艺术评点〕

全诗以“不系船”为线索，后几句层层推进，解释懒得系船的原因，生动展现了江村幽美宁静的风景，抒写了一种悠闲自在的生活情趣。以“纵然”和“只在”相呼应，一收一纵，跌宕起伏，韵味无穷。

司空曙（720—790 年），字文明（一说文初），河北广平（今河北永年）人。曾任水部郎中。中唐前期诗人，“大历十才子”之一，多写自然景色和旅思乡情。

金陵五题·石头城[1]

刘禹锡

山围故国[2]周遭[3]在，
潮打空城[4]寂寞回。
淮水[5]东边旧时月，
夜深还过女墙[6]来。

〔注释〕

① 石头城：在今南京西鼓楼区，是依石头山而建的城，后人常以石头城代称南京市。

② 故国：故都，石头城是六朝的国都。

③ 周遭：指四面城墙。

④ 空城：唐代定都长安，所以称石头城为“空城”。

⑤ 淮水：秦淮河，长江下游支流，在南京汇入长江。

⑥ 女墙：石头城上的矮墙。

〔艺术评点〕

石头城作为六朝旧都，曾是权势、豪华的象征，虽然现在还是山围水绕，但江潮拍打着的城堡已凋败荒芜。从秦淮河东边升起的月亮曾经目睹过它昔日的繁荣，今天又脉脉含情地注视着它的破败。诗以江山的永恒衬出人事的无常，气势莽苍，情调悲壮。

刘禹锡（772—842年），字梦得，河南洛阳人。中唐著名的文学家、思想家。诗歌的艺术成就很高，晚年与著名诗人白居易并称“刘白”。

乌衣巷[1]

刘禹锡

朱雀桥[2]边野草花[3]，

乌衣巷口夕阳斜。

旧时王谢[4]堂前燕，

飞入寻常[5]百姓家。

〔注释〕

① 乌衣巷：在今南京秦淮河的一条街巷南面，东晋以来，王、谢两大家族住在这里。

② 朱雀桥：秦淮河上的浮桥，在乌衣巷附近，是当时的交通要道。

③ 野草花：野草开花。

④ 王谢：王导和谢安两家，是左右东晋政治、军事、文化的两大家族。

⑤ 寻常：平常、普通。

〔艺术评点〕

昔日车水马龙的朱雀桥，如今却人迹罕至，杂草丛生；昔日权贵聚居的乌衣巷，如今已是一片破败荒凉，笼罩在夕阳残照、暗淡荒芜之中；昔时栖息在王、谢豪门厅堂中的燕子，一只只都飞入平常百姓之家。诗人通过这些典型，揭示了历史的沧桑巨变和门阀世族必然衰亡的命运，他将深沉的感慨寄寓于景物描写中。

江　雪

柳宗元

千山鸟飞绝[1]，

万径[2]人踪灭[3]。

孤舟蓑笠翁[4]，

独钓寒江雪[5]。

〔注释〕

① 绝：绝迹。

② 径：道路。

③ 灭：尽。

④ 蓑笠翁：披着蓑衣、戴着斗笠的钓鱼翁。

⑤ 独钓寒江雪：在冰封雪地的江中独自垂钓。

〔艺术评点〕

前两句以“千山”“万径”勾勒出寥廓无边的背景，以“鸟飞绝”“人踪灭”描绘出这一背景的冷清空旷，如此，下文的钓舟之“孤”和渔翁之“独”才显得那样醒目。在这既恶劣又旷远的环境中，在人和鸟都躲得无影无踪的情况下，那位独自在风雪江中垂钓的渔翁，他与环境抗争的勇气格外令人肃然起敬。诗人身处逆境，仍不低头；虽然孤寂，仍然傲世。诗歌表现了他不屈不挠、清高刚强的个性。

柳宗元（773—819 年），字子厚，唐代河东（今山西永济）人。唐代著名思想家、文学家。中唐古文运动的领袖之一，文章与韩愈齐名，诗的成就也很突出。

高山兀鹫（Gyps himalayensis）

剑 客

贾 岛

十年磨一剑，

霜刃[1]未曾试。

今日把示君[2]，

谁有不平事[3]？

〔注释〕

① 霜刃：形容剑非常锋利，剑锋上白光闪闪、寒气逼人，因而称“霜刃”。

② 把示君：拿出来给你看。

③ 不平事：含冤抱屈的事。

〔艺术评点〕

这首诗通过剑客的口吻来抒情言志。诗人前两句夸耀剑刃锋利，表现了对自己才能的高度自信；后两句询问“谁有不平事”，表现了想施展才能的急切心情。诗歌淋漓尽致地反映了诗人希望实现自己政治理想的宏大抱负。以“剑”喻自己的才能，以“剑客”自比，构思巧妙，既率意直言，又含而不露。

贾岛（779—843 年），字阆（làng）仙，唐朝河北道幽州范阳（今北京附近）人。早年出家为僧，后还俗。中唐著名诗人，与孟郊并称“郊岛”。

寻隐者[1]不遇[2]

贾　岛

松下问童子[3]，

言师采药去。

只在此山中，

云深[4]不知处[5]。

〔注释〕

① 隐者：因逃避现实，不愿做官而隐居山林乡村的读书人。

② 不遇：没有遇见。

③ 童子：隐者的徒弟。

④ 云深：深山云雾浓密。

⑤ 不知处：不知道在哪里，不知在什么地方。

〔艺术评点〕

这首诗通过与童子的问答之事，刻画了一位没有露面的隐者形象，赞美了他潇洒出尘、与青松白云为友的生活态度。该诗在艺术上的突出特点是简练，将所有的问话寓于答语之中，如“松下问童子”句，省略了问话，从童子的答语“师采药去”中可知问话的内容；“只在此山中”这句答语又暗寓了“去何处采药”的问话；“云深不知处”也隐含了诗人关于采药具体地点的提问。四句诗中三问三答，言简意赅，言淡情浓。

小儿垂钓[1]

胡令能

蓬头稚子[2]学垂纶[3]，

侧坐莓苔[4]草映身[5]。

路人借问[6]遥招手[7]，

怕得鱼惊不应人。

〔注释〕

① 垂钓：钓鱼。

② 蓬头稚子：头发蓬乱的儿童。

③ 纶（lún）：钓鱼用的丝线。

④ 莓苔：青苔。

⑤ 草映身：青草掩映着小孩。

⑥ 借问：这里指问路。

⑦ 招手：这里指招呼、示意问路的人别出声。

〔艺术评点〕

这是唐诗中少有的充满童趣的杰作。前两句写小儿蓬头乱发，随意坐在莓苔上钓鱼的那副幼稚可爱的样子。后两句写他钓鱼时专注认真的神情，他“遥招手”时那小心的神态，“怕得鱼惊”的那种紧张的心情，真是活灵活现。

胡令能（785—826 年），中唐诗人。曾经是一名手工匠，后来受佛教的影响，隐居圃田（今河南中牟）。现存诗四首。

马诗·其五

李　贺

大漠[1]沙如雪，
燕山[2]月似钩。
何当[3]金络脑[4]，
快走踏清秋。

〔注释〕

① 大漠：大沙漠，指北方辽阔的原野。

② 燕山：指河北北部和辽宁南部的燕山山脉。

③ 何当：什么时候。

④ 金络脑：金属制成的马络头。

〔艺术评点〕

燕山岭上明月当空，万里平沙如铺白雪，本诗一开始就勾勒出一幅既寒气逼人又辽阔旷远的景象，为下文马的驰骋提供了“用武之地”，最后直接描绘骏马“快走踏清秋”的矫捷雄姿。诗运用比兴手法，借对马的赞叹，来抒写自己对建功立业、一展宏图的渴望。诗虽短小，但意境开阔，气势飞动。

李贺（790—816年），字长吉，河南昌谷（今河南宜阳）人。中唐著名诗人，想象奇幻丰富，诗境瑰丽新奇。

赤　壁[1]

杜　牧

折戟[2]沉沙铁未销[3]，

自将[4]磨洗认前朝。

东风不与周郎[5]便，

铜雀[6]春深锁二乔[7]。

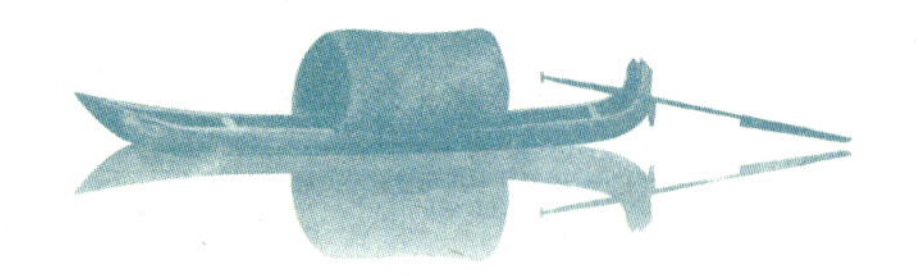

〔注释〕

① 赤壁：今湖北蒲圻（pú qí）西北，长江南岸，相传为三国时期吴、蜀联军火烧魏军的地方。

② 折戟：折断了的戟。戟（jǐ）：古代的一种兵器。

③ 销：蚀。

④ 自将：亲自拿来。

⑤ 周郎：指周瑜，字公瑾，东吴督都，赤壁之战时吴军的统帅。

⑥ 铜雀：台名，故址在今河北临漳，曹操姬妾、歌妓居住的地方。

⑦ 二乔："乔"本为"桥"，东吴桥家二姊妹，分别嫁给孙策和周瑜。

〔艺术评点〕

诗的前半部分叙事，借一件遗物引发对历史兴亡的感慨。后半部分议论，杜牧不像其他诗人那样，正面歌颂吴蜀联军取得的胜利，而是以假设之辞从反面着笔：假如东风不给周瑜方便，火攻曹操就是一句空话，战争的结局将是另一番景象。杜牧没有正面叙述"东风不与周郎便"的结局，只从侧面说，如此，二乔就要成为曹操的囊中物。以虚为实，标新出奇，委婉多讽。

杜牧（803—852年），字牧之，京兆万年（今陕西西安）人。晚唐著名诗人，与李商隐并称"李杜"。

泊秦淮[1]

杜　牧

烟笼[2]寒水[3]月笼沙，

夜泊秦淮近酒家。

商女[4]不知亡国恨，

隔江[5]犹唱《后庭花》[6]。

〔注释〕

① 秦淮：秦淮河。

② 笼：笼罩。

③ 寒水：秋天水凉，称为“寒水”。

④ 商女：歌女。

⑤ 隔江：“江”指秦淮河，该河两岸酒家林立，歌女在其中卖唱，船中听去即是“隔江”。

⑥《后庭花》:《玉树后庭花》，南朝陈后主作，后人看作亡国之音。

〔艺术评点〕

烟、水、月、沙被两个“笼”字融合在一起，织成一种凄迷、轻柔、冷寂的气氛，此时此刻诗人的船正靠近秦淮河的酒家停泊，这样，他才有机会听到“不知亡国恨”的商女还在唱《后庭花》。诗表面上埋怨歌女不晓世事，其实是指责那些在酒家点歌的达官权贵，他们在国家将亡的紧急关头还以亡国之音来寻欢作乐。

清　明

杜　牧

清明时节雨纷纷，

路上行人[1]欲断魂[2]。

借问[3]酒家何处有，

牧童遥指杏花村[4]。

〔注释〕

① 行人：诗人自指。

② 欲断魂：形容情绪极为惆怅，好像失魂落魄的样子。

③ 借问：请问。

④ 杏花村：开满杏花的村庄，此处是泛指。

〔艺术评点〕

清明时节纷纷洒洒的细雨，给这一佳节仍在外旅行的人平添了许多懊恼、许多愁绪、许多惆怅；这自然引起了“行人”想到酒家喝三杯酒驱驱寒、暖暖身、避避雨、解解闷的念头；这种念头又使他向人打听“酒家何处有”，于是就有了“牧童遥指杏花村”的“镜头”。此诗对“行人”情感的表现细腻生动，画面优美迷人，音调和谐圆润，因而为历代人所喜爱、传诵，以致今天城里的酒楼也要取名“杏花村”。

台　城[1]

韦　庄

江雨霏霏[2]江草齐，
六朝[3]如梦鸟空啼。
无情最是台城柳，
依旧烟笼[4]十里堤。

〔注释〕

① 台城：一名苑城，六朝皇宫所在地，在今南京鸡鸣山南。

② 霏霏：雨下得很盛的样子。

③ 六朝：指建都于建康（今南京）的东吴、东晋、南朝宋、南朝齐、南朝梁、南朝陈六个朝代。

④ 烟笼：烟雾笼罩。

〔艺术评点〕

六朝繁华如梦似地幻灭了，六朝的政治中心台城也荒废破败了，可是大自然全不管这些人世的沧桑和历史的兴亡，一到春天依旧莺飞草长，依旧鸟语花香，一到春天台城杨柳也照样缠烟披雾，照样飘絮飞绵。诗人眼看着唐王朝要步六朝的后尘，面对着这一切他感到忧虑沉痛，吊古正是为了伤今，因而他将诗写得如梦如幻，惆怅迷惘。

韦庄（836—910 年），字端己，京兆杜陵（今陕西西安）人。五十多岁进士及第，唐亡后，曾任前蜀宰相。唐末著名诗人。

雉鸡（*Phasianus colchicus*）

社　日[1]

王　驾

鹅湖山[2]下稻粱肥，

豚栅[3]鸡栖[4]半掩扉[5]。

桑柘[6]影斜春社散，

家家扶得醉人归。

〔注释〕

① 社日：古代春、秋有两次祭祀土神的日子，分别称为春社、秋社。本诗写的是春社。

② 鹅湖山：在今江西铅（yán）山境内。

③ 豚栅（tún zhà）：猪圈。

④ 鸡栖（qī）：鸡舍。

⑤ 扉：门扇。

⑥ 桑柘（zhè）影斜：桑树、柘树的影子倾斜，太阳偏西。

〔艺术评点〕

古代劳动人民通过祭神祈求丰年，社日这一天是他们喜庆欢宴的日子。这首诗描绘了农家五谷丰登、六畜兴旺的景象：禾苗绿，高粱肥，猪满栏，鸡满窝，这一片富庶的景象是后文一片喜气场面的基础和原因，而家家搀扶归来的那些醉醺醺的村民，表现了农民对丰收在望的满心喜悦，全诗洋溢着浓郁的乡土气息。

王驾（851—？年），字大用，自号守素先生，唐朝河中（今山西永济）人。唐代末年进士，曾任礼部员外郎。现存诗六首。

溪居即事[1]

崔道融

篱外[2]谁家不系船，

春风吹入钓鱼湾。

小童疑是有村客，

急向柴门去却关[3]。

〔注释〕

① 即事：把眼前所见所闻随意写下来。

② 篱外：篱笆外。

③ 去却关：打开村口柴门的扣子。

〔艺术评点〕

这是一幅宁静、活泼，充满诗意的水乡风情画，而作者摄取的仅仅是日常生活中的一个小场景：篱外不知哪家疏忽忘了系船，春潮水满，小船顺着东风慢悠悠地飘进钓鱼湾来了，村头的小孩以为村里有客人来，兴奋急切地跑去打开了柴门。篱笆、溪水、鱼湾、柴门，还有那悠悠荡荡的小船，急急忙忙的小童，邻村人不系船的疏忽，小孩子纯真好客的心理，这一切都写得妙趣横生，和谐优美。

崔道融（880—907 年），荆州江陵（今湖北江陵）人，曾任永嘉（今浙江温州）令、右补阙等职。唐末诗人，诗多五、七言近体。

泊船瓜洲[1]

王安石

京口[2]瓜洲一水间，

钟山[3]只隔数重山。

春风又绿[4]江南岸，

明月何时照我还[5]？

〔注释〕

① 瓜洲：在今江苏邗（hán）江的长江北岸，与镇江隔江相望。

② 京口：今江苏镇江，在长江南岸。

③ 钟山：今南京紫金山。

④ 绿：绿遍，吹绿。

⑤ 还：指回到钟山。

〔艺术评点〕

这是诗人路过瓜洲，怀念钟山住所时所作。首句由京口过江抵达瓜洲，他用“一水间”形容二者距离之近和舟行之疾。次句写自己回望钟山时恋恋不舍的深情，自从早年随父定居钟山以后，这里便是他的第二故乡，因此钟山在他心头是这样亲，这样近，用“只隔”把钟山与瓜洲的距离缩短了。第三句是传诵古今的名句，“绿”字是几经修改、千锤百炼后的结果，这一字就写出了江南一片盎然的春意，同时又暗用前人“春草绿，王孙归”的古意，引出了“明月何时照我还”句，流露了这位政治家厌倦政坛、希望早日辞官归家的情绪。

王安石（1021—1086年），字介甫，抚州临川（今江西抚州）人。北宋著名政治家、思想家、文学家。诗、文成就都高，为“唐宋八大家”之一。

题西林壁[1]

苏　轼

横看[2]成岭侧[3]成峰，

远近高低各不同。

不识庐山[4]真面目，

只缘[5]身在此山[6]中。

〔注释〕

① 题：题诗。西林：指西林寺，在江西庐山西北麓。题壁：在墙壁上写诗。

② 横看：从正面看。

③ 侧：从侧面看。

④ 庐山：位于江西九江南面，为我国东南一带的名山。

⑤ 只缘：只因为。

⑥ 此山：指庐山。

〔艺术评点〕

同样是一座庐山，横看、侧看、远看、近看、高看、低看……你换一种看的角度，它就会换一种新的面孔。从这一现象中诗人悟出了一个深刻的哲理："不识庐山真面目，只缘身在此山中。"当局者迷，旁观者清。对任何人物、事件的认识，都必须与认识对象保持距离，这样才能看清事物的"真面目"（本质）。这首诗将丰富的人生哲理寓于看山的形象描绘之中，既形象生动，又充满理趣。

苏轼（1037—1101 年），字子瞻，号东坡居士，眉州（今四川眉山）人。为北宋一位文艺全才，于文、诗、词、书、画都有第一流成就，文为"唐宋八大家"之一，诗为李白、杜甫之后的泰斗，词更是开一代豪放派之先河。

病　牛

李　纲

耕犁千亩实[1]千箱[2]，

力尽筋疲谁复伤[3]？

但得[4]众生[5]皆得饱，

不辞[6]羸病[7]卧残阳。

〔注释〕

① 实：装满。

② 千箱：泛指很多箱。箱：通“厢”，粮仓，仓廪（lǐn）。

③ 谁复伤：又有谁来同情它呢？

④ 但得：只要能使得。

⑤ 众生：众人，普通老百姓。

⑥ 不辞：不推辞。

⑦ 羸（léi）病：瘦弱多病。

〔艺术评点〕

这是一首借咏牛来言己志的好诗。作者曾经做过宰相，因以社稷安危、民族兴衰为己任，反对向金人屈膝求和，并亲自率兵收复失地，最后遭到投降派小人的一致排挤打击，做了七十多天宰相就被贬官武昌。这首诗采用拟人的手法，以生动形象的语言，抒发了自己不计个人的利益得失和官职升降，决心为民族、为人民而贡献自己生命的献身精神。所写的对象十分通俗，所写的意境却十分高远。

李纲（1083—1140年），字伯纪，祖籍福建邵武。南宋著名政治家，官至宰相，由于主张抗战被贬官。

夏日绝句

李清照

生当作人杰[1]，

死亦为鬼雄[2]。

至今思项羽[3]，

不肯过江东[4]。

〔注释〕

① 人杰：人中豪杰。

② 鬼雄：鬼中英雄。

③ 项羽：名籍，楚国下相（今江苏宿迁）人。出身贵族，秦末农民起义领袖。秦亡后，与刘邦争天下，兵败后自刎于乌江。

④ 不肯过江东：项羽兵败行至乌江，乌江亭长准备渡项羽过江，由于项羽是在江东起兵反秦的，他说无面目再见江东父老，不肯渡江，后面追兵赶到，他自刎而死。江东：江南。

〔艺术评点〕

李清照切身历经宋高宗赵构畏敌如虎，不顾全国人民保卫国家的志愿，带着大小官僚仓皇南逃的狼狈，他们只要自己能继续骑在人民头上作威作福，宁可认敌为父，忍辱偷安，使民族和国家蒙受羞耻。这首诗有感而作，借古讽今，借项羽的英风豪气鄙薄当朝权贵的奴颜媚骨。诗风慷慨激昂，大有“伟丈夫”的气概。

李清照（1084—约 1155 年），号易安居士，济南（今属山东）人。南北宋之际的杰出女词人。

示 儿[1]

陆 游

死去元知[2]万事空，

但[3]悲不见九州[4]同[5]。

王师[6]北定中原[7]日，

家祭[8]无忘[9]告乃翁[10]。

〔注释〕

① 示儿：写给儿子们看的。

② 元知：即“原知”，原来就知道。

③ 但：只。

④ 九州：传说大禹治水成功后，把天下分为九州，战国以来，用“九州”代指古代中国。

⑤ 同：统一全国。

⑥ 王师：指南宋朝廷的军队。

⑦ 北定中原：指收复被金兵占领的黄河中下游流域。定：平定。

⑧ 家祭：对家族中先人的祭奠。

⑨ 无忘：别忘了。

⑩ 乃翁：你们的父亲。乃：你，你的。

〔艺术评点〕

这是诗人的绝笔，也是他用诗的形式写给儿子们的遗嘱。陆游一生生活在偏安一隅的南宋，深以南宋王朝屈膝求和为耻，念念不忘恢复中原，在弥留病榻之际，他最大的遗憾和未了的心事是没有亲见“北定中原”，并以“无忘告乃翁”作为对儿孙最后的嘱托。诗人对国家的现状十分悲愤，对民族的前途充满信心，诗情深沉悲壮，诗语真率朴质。

陆游（1125—1210年），字务观，号放翁，山阴（今浙江绍兴）人。南宋著名的爱国诗人，现存诗九千三百多首，内容丰富而又深刻，诗歌体裁多样，艺术成就很高。

观书有感·其一

朱　熹

半亩方塘一鉴[1]开[2]，

天光云影共徘徊[3]。

问渠[4]那得清如许[5]？

为有[6]源头活水来。

〔注释〕

① 鉴：镜子。

② 开：打开。

③ 徘徊：这里指影子在水中往来浮动。

④ 渠：它，指方塘。

⑤ 清如许：像这样清澈。

⑥ 为有：因为有。

〔艺术评点〕

半亩方塘竟然如打开的明镜，照出了天光云影的闪光浮动，它之所以能如此清澈明亮，是因为它接受了从源头处不断输来的“活水”，使之永不枯竭，永不浑浊。这与诗题“观书”有什么关系呢？一个人只有不断学习新的知识，思考新的问题，才能思维敏捷，头脑清醒，这就是“半亩方塘”给人的启示。

朱熹（1130—1200年），字元晦，徽州婺源（今江西婺源）人。南宋大思想家，对哲学、史学、文学和自然科学都有杰出的贡献。

劝学诗[1]

朱　熹

少年易老学难成，
一寸光阴不可轻[2]。
未觉[3]池塘春草梦[4]，
阶[5]前梧叶已秋声[6]。

〔注释〕

① 劝学：勉励人们不断学习。

② 轻：轻视，放过，放松。

③ 未觉：还没有感觉到。

④ 池塘春草梦：化用南朝诗人谢灵运“池塘生春草，园柳变鸣禽”的诗句。这句指春光转眼就过去了。

⑤ 阶：台阶。

⑥ 梧叶已秋声：梧桐树叶在秋风中瑟瑟作响和吹落飘坠的声音。

〔艺术评点〕

诗人劝人努力学习，一开始就提醒人们一个少年很容易变老，而一个人的学业却不容易有成，这就很自然地引出了第二句：“一寸光阴不可轻。”末两句以生动的语言来描绘光阴似箭的切身感受，不着一句说教而使人觉得“一寸光阴一寸金”，加强了对学习的紧迫感。

约　客[1]

赵师秀

黄梅时节[2]家家雨[3]，

青草池塘处处蛙。

有约不来[4]过夜半，

闲敲棋子落灯花[5]。

〔注释〕

① 约客：约请了客人。

② 家家雨：到处下雨。

③ 黄梅时节：春末夏初梅子黄熟这一段时间，我国长江中下游连续下雨，这种黄梅季节下的雨称为黄梅雨。

④ 有约不来：邀请的客人失约，没有如期到来。

⑤ 落灯花：震落了灯花。

〔艺术评点〕

这首诗写对约会的客人久候不来的烦躁感受，几乎每个人都有过这种体验，赵师秀把这种人人胸中所有而个个笔下所无的情绪描绘了出来，所以读来亲切有味。诗在艺术上的特点有二：首先是运用对比的手法，前面写雨声、蛙声喧噪不休，后面写枯坐敲棋的寂寞无聊，生动地表现了诗人内心的焦急不安；其次是抓住人物细小的动态来刻画人物细微的情绪，通过外在行为来描写内在心理。

赵师秀（1170—1219 年），字紫芝，号灵秀，浙江永嘉（今浙江温州）人，南宋诗人。

石灰吟

于　谦

千锤[①]万凿[②]出深山，
烈火焚烧若等闲[③]。
粉身碎骨浑不怕[④]，
要留清白在人间。

〔注释〕

① 锤：作动词用，用锤打击。

② 凿（záo）：用凿子打孔挖掘。

③ 若等闲：好像很平常的样子。

④ 浑不怕：全不怕。

〔艺术评点〕

这首《石灰吟》借咏物以明志，它的妙处在不即不离，似乎处处在说石灰，又好像句句在说自己。前二句写石灰的制作过程，也是在写自己经过各种磨难后的坚强意志。后二句既是写石灰不惜粉身碎骨也要给人间留下清白，也是抒写自己宁可遭受迫害打击，仍要保持清白坚贞的情操。音调铿锵，气度高昂，在后世广为传诵。

于谦（1398—1457 年），字廷益，浙江钱塘（今浙江杭州）人，明代杰出的政治家、军事家、诗人。曾任兵部尚书，率军民合力抗击瓦剌（蒙古族的一个部落）的入侵，明代的民族英雄，后被明英宗杀害。

天门中断楚江开，
碧水东流至此回。
两岸青山相对出，
孤帆一片日边来。

名山大川

山中杂诗

吴　均

山际[1]见来烟[2]，

竹中窥[3]落日。

鸟向檐上飞，

云从窗里出[4]。

〔注释〕

① 山际：山边。

② 来烟：从山中飘来的烟雾。

③ 窥：从缝里看。

④ 云从窗里出：山中的房屋高耸入云，云彩从窗中飘来飘去。

〔艺术评点〕

吴均是南朝梁代描写自然的高手。这首小诗的四句，句句都描写自然界的动态：夕岚升起，夕阳西下，鸟儿归巢，云彩飘忽，然而它们所创造的意境不是喧闹，是安宁，这也正是诗人所向往的。这首诗画面优美而又有生气，笔致清新而又灵动，难怪古往今来那么多读者为它叫好了。

吴均（469—520年），字叔庠，吴兴故鄣（今浙江安吉）人。南朝梁文学家。

大鵟（*Buteo hemilasius*）

敕勒歌[1]

南北朝民歌

敕勒川[2]，

阴山[3]下。

天似穹庐[4]

笼盖四野。

天苍苍[5]，

野茫茫[6]，

风吹草低见[7]牛羊。

〔注释〕

① 敕勒（chì lè）：北齐时住在朔州（今山西北）一带的少数民族。《敕勒歌》是在该族中传唱的民歌。

② 敕勒川：敕勒人游牧的草原。

③ 阴山：横亘于今内蒙古自治区中部的山脉。

④ 穹（qióng）庐：北方游牧民族居住的圆顶毡帐。

⑤ 苍苍：深青色。

⑥ 茫茫：辽远的样子。

⑦ 见：同“现”，现出。

〔艺术评点〕

这首民歌一开始以雄伟的阴山作为背景，勾勒出敕勒川辽远的轮廓；再将蓝天比喻为牧民的毡帐，映衬出大草原的平旷；最后又以“风吹草低见牛羊”来展现草原上草丰畜盛的富饶景象。它表现了牧民对家乡和生活的自豪与热爱，反映了他们性格的豪爽和胸襟的开阔。

咏柳

贺知章

碧玉[1]妆成[2]一树[3]高，

万条垂下绿丝绦[4]。

不知细叶谁裁出，

二月[5]春风似剪刀。

〔注释〕

① 碧玉：碧绿的玉石。

② 妆成：装扮成，装饰成。“妆”通“装”。

③ 一树：满树，整棵树。

④ 丝绦（tāo）：丝线编的带子。

⑤ 二月：指农历二月。

〔艺术评点〕

一开始诗人就将早春二月的柳比为碧玉，一是因为春柳和碧玉在色彩上可相互映衬，一是因为碧玉在古代是年轻美女的代名词，人们常把可爱的美女称为“小家碧玉”。诗的首句一语双关，将春柳暗喻为美女，“高”写出“美人”那亭亭玉立的风姿，次句将垂下的柳条喻为飘飘的丝带，这样，两句就把柳树的形神写活了。由“绿丝绦”和“细叶”自然使人想到“谁裁出”，这引起诗人的奇想：“二月春风似剪刀”，将无形的春风写得形象逼真，是春风给我们剪裁出了迷人的柳丝、柳叶，是春风给我们剪出了一个美丽的春天。比喻新奇而又贴切，语意新巧但不失其自然。

登鹳雀楼[1]

王之涣

白日[2]依[3]山尽[4]，

黄河入海流[5]。

欲穷千里目[6]，

更上[7]一层楼。

〔注释〕

① 鹳（guàn）雀楼：故址在今山西永济，旧在黄河中高阜（fù）的地方，时有鹳雀在楼上栖息，因此得名。

② 白日：太阳。

③ 依：紧挨着。

④ 尽：消失了。

⑤ 入海流：流入大海。

⑥ 欲穷千里目：要想能看到千里以外。

⑦ 更上：再上。

〔艺术评点〕

诗的前二句写诗人登楼所见：西边群山连绵起伏，夕阳冉冉西沉，东流入海的黄河奔腾咆哮，一泻千里，景象壮观，气势雄浑。后二句又向人们展示了更宽广辽阔的视野，把诗篇推向更高远的境界，它不仅蕴含着深邃的哲理，更抒发了盛唐士人那种无限憧憬、无尽追求的积极进取精神。由于诗人感情浓烈，诗歌立意高远，四句全用对偶而没有流于板滞，仍然一气贯注。

王之涣（688—742 年），字季陵，并州晋阳（今山西太原）人。好击剑纵酒，以豪侠著称。现存诗六首。

汉江[1]临泛[2]

王　维

楚塞[3]三湘[4]接，

荆门[5]九派[6]通。

江流天地外，

山色有无中。

郡邑[7]浮前浦[8]，

波澜动远空。

襄阳[9]好风日，

留醉与山翁[10]。

〔注释〕

① 汉江：长江支流汉水。

② 临泛：临流泛舟。

③ 楚塞：指楚国的地界。

④ 三湘：湘水中漓湘、潇湘、蒸湘的总称。

⑤ 荆门：山名，荆门山，在今湖北宜都西北的长江南岸。

⑥ 九派：九条支流，此处指江西九江。

⑦ 郡邑：城镇。

⑧ 浦：水滨。

⑨ 襄阳：今湖北襄樊。

⑩ 山翁：指山简，晋朝的征南将，镇守襄阳时喜欢豪饮。此处指当时襄阳的地方官。

〔艺术评点〕

诗首联大笔挥洒，勾勒汉江雄浑辽阔的声势，颔、颈联描绘汉水壮阔、浩瀚、淡远的景观，尾联表达了诗人对襄阳风光的赞叹。这首诗像一幅素雅而又有气势的山水画，景象旷远，色彩淡雅。

山居秋暝[1]

王　维

空山新雨后，

天气晚来秋[2]。

明月松间照，

清泉石上流。

竹喧归浣女[3]，

莲动下渔舟。

随意[4]春芳[5]歇[6]，

王孙[7]自可留。

〔注释〕

① 暝（míng）：黄昏。

② 晚来秋：傍晚的秋意。

③ 浣（huàn）女：洗衣女子。

④ 随意：任凭。

⑤ 春芳：春天的花草。

⑥ 歇：枯萎。

⑦ 王孙：原指贵族子弟，此处为诗人自指。

〔艺术评点〕

这首诗的标题是《山居秋暝》，首联中，首句标明“山”，次句写“秋暝”。颔联紧承首联，“雨后”自然少不了清泉，“晚来”当然会有明月，而月从松间照来，泉由石上流出，兼有声响、色彩和动态的美，既清幽又淡雅。颈联的“归浣女”“下渔舟”写出了“居”字。尾联中的“春芳歇”归结到“秋”“王孙”上，点明诗人自己对“山居秋暝”景象的赞叹。

绿鹭（*Butorides striata*）

鸟鸣涧

王　维

人闲[1]桂花[2]落，

夜静春山空[3]。

月出惊山鸟，

时鸣[4]春涧中。

〔注释〕

① 人闲：人静。

② 桂花：此处指春桂花。

③ 空：寂静无声。

④ 时鸣：不时地啼叫。

〔艺术评点〕

这首诗写鸟鸣涧在春天月夜寂静、幽美的意境。前二句从正面落笔，写空和静：人闲、夜静、山空，连桂花飘落的声音也听得一清二楚，诗人心境的恬静就可想而知了。后二句以动来反衬静，以不空来写空，月光惊醒了鸟儿的甜梦，不时的鸟鸣反而更衬出春涧的静谧。诗境空静而又富于生机。

田园乐·其六

王　维

桃花复含[1]宿雨[2]，

柳绿更带[3]朝烟[4]。

花落家僮[5]未扫，

鸟啼山客[6]犹眠。

〔注释〕

① 复含：还带着。

② 宿雨：前夜的雨。

③ 更带：又带着。

④ 朝烟：早晨的烟雾。

⑤ 家僮：同“家童”，旧时对家中奴仆的统称。

⑥ 山客：山中隐士，此处为诗人自指。

〔艺术评点〕

本诗通过对山庄晨景的描绘，抒写了诗人生活的闲适和心境的恬静。此诗重在描绘诗人对清晨山庄一瞬间的空间印象，诗人选择大红大绿的字眼、对仗精严的句式，使诗境自成一幅工笔重彩的图画。

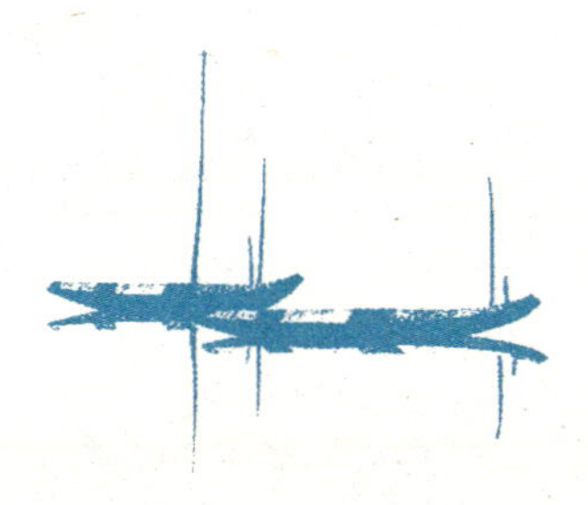

望天门山[1]

李　白

天门中断[2]楚江[3]开[4]，
碧水东流至此回[5]。
两岸青山相对出，
孤帆[6]一片日边来。

〔注释〕

① 天门山：位于安徽和县与芜湖的长江两岸，在江北的叫西梁山，在江南的叫东梁山（古代又称博望山）。两山一东一西夹江对峙，如门。

② 中断：长江使天门山从中断开。

③ 楚江：安徽地属古代的楚国，所以称这段长江为楚江。

④ 开：通。

⑤ 回：回旋。

⑥ 孤帆：孤舟。

〔艺术评点〕

浩浩荡荡的长江撞开了天门山，首句既写出了长江的气势与力量，又写出了天门山的神奇。次句写长江通过天门山时激起回旋涡流，形成汹涌波涛的壮观景象。最后两句简直是神来之笔，使静止的山呈现出动态美，天门山好像迎面向诗人走来，在张臂欢迎他的孤帆驶进。

望庐山[1]瀑布·其一

李　白

日照香炉[2]生紫烟[3]，

遥看瀑布挂前川[4]。

飞流直下三千尺，

疑是银河[5]落九天[6]。

〔注释〕

① 庐山：长江中下游的名山，在江西九江南。

② 香炉：庐山上的香炉峰。

③ 紫烟：香炉峰上的水汽、烟雾在日光照射下呈现紫色。

④ 挂前川：挂在山前，像一条悬着的河。

⑤ 银河：天河。

⑥ 九天：九重天，天的最高一层。

〔艺术评点〕

这首诗写远望中庐山瀑布的景象，先勾画瀑布绚丽的紫色背景，后面再描绘瀑布那瑰丽神奇的雄姿，“挂前川”“飞流直下”描绘出了瀑布由高空飞泻直下的壮观形态，结句的飞落天外，叫人惊心动魄。夸张的语言、奇特的想象，不仅写出了瀑布壮丽的气势，也表现了诗人豪迈的性格和宽阔的胸襟。

桃花溪[1]

张　旭

隐隐[2]飞桥[3]隔野烟，

石矶[4]西畔问渔船[5]：

桃花尽日[6]随流水，

洞在清溪何处边[7]？

〔注释〕

① 桃花溪：即桃花源，在湖南桃源，传说是东晋大诗人陶渊明写《桃花源记》的地方。

② 隐隐：隐约不分明的样子。

③ 飞桥：山谷中的高桥。

④ 石矶（jī）：水边突出的石头。

⑤ 问渔船：问渔船上的人。

⑥ 尽日：整天。

⑦ 何处边：哪里，哪边。

〔艺术评点〕

一下笔，诗人就为我们描绘了一幅缥缈神秘的景象：山溪中的山雾飘忽缠绕，山溪上的飞桥若隐若现。“问渔船”这一细节，使诗人与渔人都成了境中人。最后两句由实入虚，把读者的思绪引向远方，引向那令人憧憬不已的桃源仙境，引导人们去追寻更美好的事物。

江畔[1]独步[2]寻花·其六

杜　甫

黄四娘[3]家花满蹊[4]，
千朵万朵压枝低。
留连[5]戏蝶时时舞，
自在[6]娇莺恰恰[7]啼。

〔注释〕

① 江畔：成都锦江畔。

② 独步：一个人独自漫步。

③ 黄四娘：诗人在成都草堂的邻人。“娘”或“娘子”是唐代对妇女的美称。

④ 蹊（xī）：小路。

⑤ 留连：留恋不止，舍不得离去。

⑥ 自在：无拘无束的样子。

⑦ 恰恰：莺啼声。

〔艺术评点〕

诗人在江畔的小径上独自漫步，只见脚下满地是落花，路旁树上仍然繁花满枝，娇莺在枝头闹春，彩蝶在枝头戏逐，他自己也不知不觉“自在”地“留连”起来。诗以浓丽的语言写烂漫的春色，又以工整的对偶句写莺啼蝶舞的景象，使人觉得眼前、耳边无处不是春意。

绝句·其一

杜　甫

迟日[①]江山[②]丽，

春风花草香。

泥融[③]飞燕子，

沙暖睡鸳鸯[④]。

〔注释〕

① 迟日：春日。

② 江山：山河，山山水水。

③ 泥融：冻泥融化，指湿润的软泥。

④ 鸳鸯（yuān yāng）：一种形体像野鸭的鸟。雄鸟有彩色羽毛，雌鸟的羽毛多苍褐色，雄雌多成对生活在水边。

〔艺术评点〕

这首诗写于杜甫安居成都草堂之后。诗以浓艳的色彩和工秀的语言，涂抹出锦江一带绚丽的春景：四野葱茏，满树繁花，满溪芳草；春回大地，土润泥融，春燕衔泥；艳阳普照，水温沙暖，鸳鸯静睡。描摹景物工细而不失纤巧，遣词造句工整而又自然，画面阔远明丽，动静相映成趣。

鸳鸯（Aix galericulata）

月 夜

刘方平

更深[1]月色半人家，
北斗阑干[2]南斗斜。
今夜偏知[3]春气暖，
虫声新[4]透绿窗纱。

〔注释〕

① 更深：夜深。古时将一夜分为五更，每更约两小时。

② 阑干：横斜的样子，形容北斗星即将隐没。

③ 偏知：独自感受到，只自己体验到。

④ 新：初。

〔艺术评点〕

一年开始你是如何“偏知”春天来临的呢？是看冰消雪化？还是望野草返青？是看柳枝抽芽？还是望花儿吐艳？其实，等到草青、柳绿、花红的时候，春姑娘到我们身旁已有多时了。这首诗中，诗人在更深夜半、斗转星移、月光西斜、夜寒料峭的时刻，从初试新声的虫鸣那儿，敏感地听到了春姑娘悄悄光临的脚步，感受到了万物的复苏、冬眠的结束、生命的萌动。虫儿成了自然界第一位报春的使者，而我们这位诗人则是第一位迎春的使臣。

刘方平（生卒年不详），河南洛阳人，长期隐居不仕，与唐朝大历年间的诗人皇甫冉为诗友。存诗二十六首，擅长绝句。

枫桥[1]夜泊

张　继

月落乌啼霜满天，
江枫[2]渔火对愁眠。
姑苏[3]城外寒山寺[4]，
夜半钟声到客船。

〔注释〕

① 枫桥：在今江苏苏州西郊。

② 江枫：江边的枫树。江南把大小河流都叫“江”。

③ 姑苏：今江苏苏州。

④ 寒山寺：位于枫桥附近的寺庙。

〔艺术评点〕

这首诗写的是在一个岁晚秋深的长夜，孤舟客子面对着水乡夜色引发的羁旅之愁。月色朦胧，乌啼断续，霜气砭骨，江枫隐现，渔火闪烁，这些都是客子一夜“愁眠”的所闻所见所感，它们都蒙上了一层淡淡的清愁，同时又构成一种情味深永的诗意，恬淡、清冷而又孤寂。

张继（生卒年不详），字懿孙，湖北襄州（今湖北襄阳）人。唐代诗人。

滁州[1]西涧[2]

韦应物

独怜[3]幽草[4]涧边生，
上有黄鹂深树鸣。
春潮[5]带雨晚来急，
野渡[6]无人舟自横。

〔注释〕

① 滁（chú）州：今安徽滁州。

② 西涧：俗名“上马河”，在滁州城西。

③ 独怜：诗人别有会心的怜爱。

④ 幽草：深草。

⑤ 春潮：春雨后河水上涨，称为春潮。

⑥ 野渡：野外渡口。

〔艺术评点〕

这首诗描绘了雨中的暮春景物，诗人不醉心于争艳的百花，偏偏去“独怜”孤寂的幽草，雨中闲行涧边，耳畔是深树黄鹂的清啼，眼前是暮雨中的野渡横舟。诗境安闲幽静，诗风秀丽疏朗，恰到好处地表现了诗人淡泊自守的情怀。

韦应物（737—约792年），京兆杜陵（今陕西西安）人，中唐著名诗人，与柳宗元并称“韦柳”。

早春[1]呈水部张十八员外·其一

韩　愈

天街[2]小雨润如酥[3]，

草色遥看[4]近却无。

最是[5]一年春好处[6]，

绝胜[7]烟柳满皇都。

〔注释〕

① 早春：初春。

② 天街：京城的街道。古代称皇帝为“天子”，京城为“天都”，京城的街道因而叫“天街”。

③ 润如酥：小雨像酥油般润滑。

④ 遥看：远望。

⑤ 最是：正是，恰好是。

⑥ 春好处：春天最美的时光。

⑦ 绝胜：远远地胜过。

〔艺术评点〕

这首诗生动地表现了诗人对早春美景的敏锐观察和细腻感受。严冬的余寒还没有过去，一场丝丝细雨就润出了春草的嫩芽，远望是一片淡淡的嫩绿，它使大地又充满了勃勃的生机，给人们带来无穷的希望和无尽的喜悦，而到暮春三月杨柳堆烟的时候，给人们带来的反倒只有对春天将尽的惋惜了。以平淡的语言描绘似有却无的春色，诗风自然清新而又细腻明净。

韩愈（768—824年），字退之，河南河阳（今河南孟州）人。中唐著名文学家。古文运动的领袖之一，其散文与柳宗元并称“韩柳”，诗与孟郊并称“韩孟”。

暮江吟

白居易

一道残阳[1]铺[2]水中，

半江瑟瑟[3]半江红。

可怜[4]九月初三夜，

露似真珠[5]月似弓。

〔注释〕

① 残阳：夕阳。

② 铺：指江面上的晚霞像是铺上去的一样。

③ 瑟瑟：碧绿色。

④ 可怜：可爱。

⑤ 真珠：珍珠。

〔艺术评点〕

这首诗描绘了夕阳西下到新月东升时的暮江景色。前二句写夕照中的江水，西沉的残阳不是当空直照而是紧贴地平线，横射江面，“铺”字写尽了夕阳平射的特点，给人以暖融柔和的感受；暮江流水皱起粼粼细纹，受光的一面一片橙红，背光的一面一片碧绿，诗人沉醉于铺着晚霞的江面。后二句写他流连忘返直至新月初升的情景：江边草叶上晶莹闪亮的滴滴清露，多么像熠熠（yì）生辉的粒粒珍珠；东边刚刚上升的一弯新月，又多么像斜挂着的一张弯弓！这幅秋江晚景奇丽清幽，谁见了都会像诗人一样发出由衷的赞美：“多么可爱的九月初三夜啊！”

白居易（772—846 年），字乐天，号香山居士，祖籍太原，其曾祖父时迁居下邽（guī）（今陕西渭南）。中唐著名诗人，提倡以诗反映社会现实和民生疾苦，诗歌风格以平易通俗著称。

大林寺[1]桃花

白居易

人间[2]四月芳菲[3]尽，

山寺桃花始盛开。

长恨春归无觅处[4]，

不知转入此中[5]来。

〔注释〕

① 大林寺：寺庙名，在庐山大林峰顶。

② 人间：社会上，世间。

③ 芳菲：花草。

④ 无觅处：无处可寻。

⑤ 此中：指大林寺中。

〔艺术评点〕

“人间”已是百花凋谢的孟夏，诗人正为春天远去而惋惜惆怅，想不到大林寺里的桃花刚刚盛开，他好像从“人间”一下迈进了仙境，别提有多惊喜、欢欣了。唉，年年夏初总是恼恨不知春天跑到哪儿去了，原来它是偷偷躲到这儿来啦，这下可把它给找到了！春天在诗人笔下像一个调皮可爱的小孩，诗人是那样恋它、爱它、惜它。想象既奇，构思也妙，语言更是生动活泼。

山　行[1]

杜　牧

远上寒山[2]石径[3]斜，

白云生处[4]有人家。

停车坐[5]爱枫林晚，

霜叶红于二月花。

〔注释〕

① 山行：在山中行走。

② 寒山：深秋的山。

③ 石径：石子铺成的小道。

④ 白云生处：山的高处。高山常有白云缭绕，古人以为云生自深山。

⑤ 坐：因为。

〔艺术评点〕

我国古代诗人总喜欢把秋天描绘得惨不忍睹：秋风萧瑟，枯叶乱飞，草黄枝秃……他们一到秋天也总是愁眉苦脸，悲悲戚戚。而杜牧笔下的秋天像春天一样充满生机，秋天的色彩比二月的春花还要火红，还要烂漫，还要绚丽，该诗表现了他旷达的个性和乐观的精神。

江南春

杜　牧

千里莺啼绿映红[1]，
水村山郭[2]酒旗[3]风。
南朝[4]四百八十寺[5]，
多少楼台[6]烟雨中。

〔注释〕

① 绿映红：绿叶与红花相互映衬。

② 山郭：山城。郭：外城。

③ 酒旗：酒店门前挂的幌子。

④ 南朝：南北朝时期南方宋、齐、梁、陈四个朝代的总称。

⑤ 四百八十寺：虚指寺庙之多。

⑥ 楼台：寺院中的建筑。

〔艺术评点〕

这首诗不是吟咏某一具体的形胜之地，诗人挥洒如椽（chuán）大笔为我们描绘了一幅千里江南春景图。全诗四句，句句写景：一落笔就将千里江南尽收眼底，绿树丛丛，红花簇簇，黄莺歌唱，紫燕呢喃；傍水的村庄，依山的城郭，无处不是酒帘迎风，招徕顾客。后二句写江南处处点缀着宏丽的建筑，金碧佛寺、闳宇崇楼，都掩映于迷蒙的烟雨之中，给江南春景增加了许多深邃迷离的色彩。江南春天雨润山温，怡红快绿，真叫人神往和迷恋。

云

来　鹄

千形万象[①]竟[②]还空，
映水藏山片复重[③]。
无限旱苗枯欲尽，
悠悠[④]闲处作奇峰。

〔注释〕

① 千形万象：形容云彩千姿百态。

② 竟：终究，终于。

③ 片复重：云彩时而一片片，时而一重重。

④ 悠悠：从容不迫的样子。

〔艺术评点〕

这首诗是以一个久旱盼甘霖的劳动者的眼光来描写夏云的。夏云在天空中不断地变幻出千形万象，要么倒影水中，要么藏于山后，就是不下一点雨解救旱情，反而眼看着旱苗快要枯死，它却在闲处悠然地变成奇峰。诗人不是在欣赏它，而是带着埋怨的语气在责怪它、怨恨它，表现了诗人对旱情的焦急心情。

来鹄（？—883 年）豫章（今江西南昌）人，隐居山泽。唐末诗人，存诗二十九首。

白腹蓝鹟（Cyanoptila cyanomelana）

小　松

杜荀鹤

自小刺头[1]深草里，
而今渐觉出蓬蒿[2]。
时人不识凌云木[3]，
直待凌云始道高。

〔注释〕

① 刺头：小松的枝叶像针，又直又尖，一个劲儿往上冲，所以叫“刺头”。

② 蓬蒿：杂草。

③ 凌云木：高耸入云霄的树，这里指大松树。

〔艺术评点〕

人们往往总是赞美耸入云霄的凌云巨松，赞美它顶风冒雪坚贞不屈的气概，却很少注意到那些刺头深草里的小松。其实小松也已显露出坚强勇敢的特性，并蕴含着必将“凌云”的潜力。可惜，由于“时人不识”它的价值，在“凌云”之前，许多小松就被无情摧残、砍掉。这首小诗寓意深长，它热切地呼吁人们要及时识别、爱护、培养人才，也抒写了自己长期被埋没、压抑的悲哀。

杜荀鹤（846—904年），字彦之，号九华山人，池州石埭（今安徽石台）人。唐末诗人，诗歌真实地反映了当时军阀混战的局面和人民的痛苦遭遇。

悟真院[1]

王安石

野水纵横漱[2]屋除[3]，

午窗残梦[4]鸟相呼。

春风日日吹香草，

山北山南路欲无。

〔注释〕

① 悟真院：又名悟真庵，在今江苏南京紫金山东面。

② 漱：洗涤。

③ 屋除：房屋的墙脚。

④ 午窗残梦：靠窗午睡，短梦将醒。

〔艺术评点〕

王安石晚年辞去宰相后退居钟山，悟真院是他常去游览的风景胜地，本诗生动地刻画了这儿春天美丽的风光。首句写寺庙周围的环境，绿水环绕，殿宇临流，隔绝了尘世的喧嚣。次句以“鸟相呼”来反衬寺院的清幽。三、四句又把视线由悟真院移向了整个钟山，江南的暮春三月，莺飞草长，山青水绿。诗题为《悟真院》，但诗中没有一句写到悟真院的建筑，只集中笔墨写周遭的景物，以及诗人对这儿的舒心感受和由衷赞叹，表现了诗人对自然和生活的热爱。

红胁蓝尾鸲（Tarsiger cyanurus）

赠刘景文[1]

苏　轼

荷尽已无擎雨盖[2]，
菊残犹有傲霜枝[3]。
一年好景君[4]须记，
最是[5]橙黄橘绿时。

〔注释〕

① 刘景文：刘季孙，字景文，祥符（今河南开封）人。刘景文是北宋名将的后代，他本人也是一位慷慨不群的奇士，诗人与他曾一起在杭州做过官。

② 擎（qíng）雨盖：指荷叶。荷叶像一把举起的雨伞。擎：举起。雨盖：雨伞。

③ 傲霜枝：菊花的枝干经霜不枯，故称它为“傲霜枝”。

④ 君：指刘景文。

⑤ 最是：正是。

〔艺术评点〕

争美于夏季的荷叶干枯败落，早已是红衰翠减了，独擅于秋季的菊花也已凋零，只有枝干还能傲霜独立，无论是荷还是菊都先后衰谢，这时独逞风姿的是已黄的橙和正绿的橘，它们把初冬装扮得格外迷人，诗人认为这是一年中最美的时光。诗人将万花落尽的初冬写得生意盎然，表现了他独特的审美趣味和豁达开朗的胸襟。

饮湖[1]上，初晴后雨·其二

苏　轼

水光潋滟[2]晴方好，
山色空蒙[3]雨亦奇[4]。
欲把西湖比西子[5]，
淡妆浓抹总相宜。

〔注释〕

① 湖：指杭州西湖。

② 潋滟（liàn yàn）：波光闪动的样子。

③ 空蒙：云雾迷茫。

④ 奇：奇妙。

⑤ 西子：春秋时越国美女西施。

〔艺术评点〕

诗人在西湖上游宴终日，开始是阳光明媚，接着是蒙蒙细雨，这首诗前二句写的是眼前即景，兼写西湖山水的晴姿雨态。晴时湖光潋滟，雨时山色空蒙，不管是晴是雨，西湖的山水都奇妙秀美。后二句以奇思妙喻曲传西湖的神韵，将眼前的西湖比作想象中的西子，西湖与西子都同有一个“西”字，都同在古代的越国，更重要的是二者都美在神、美在骨，天气的晴雨都无妨于西湖的美妙，淡妆浓抹都无改于西子的动人。这个比喻空灵而又贴切，不仅使这首诗成为千古名篇，也使得“西子湖”从此成了西湖的别称。

雨中登岳阳楼[1]望君山[2]·其二

黄庭坚

满川风雨独凭栏[3]，

绾结[4]湘娥[5]十二鬟[6]。

可惜不当[7]湖水面，

银山[8]堆里看青山。

〔注释〕

① 岳阳楼：在今湖南岳阳，下瞰洞庭湖。建于东汉，宋代重修。

② 君山：又名洞庭山，在岳阳楼西南洞庭湖里。

③ 栏：指岳阳楼上的栏杆。

④ 绾（wǎn）结：系，盘结。

⑤ 湘娥：湘夫人，相传舜的妃子溺死于湘江，成为湘水女神，住在君山。

⑥ 十二鬟（huán）：君山群峰的形状像湘娥绾结的十二个髻鬟（jì huán）。

⑦ 当：对着，在湖上面对着湖水。

⑧ 银山：形容湖水掀起的波浪。

〔艺术评点〕

前二句写在楼上眺望时看到的君山实景，把君山比喻为湘夫人的十二发髻，后二句虚写假设中在湖面欣赏君山的景象，不管是楼上远眺还是湖中近观，诗人眼中的君山雄奇而秀美，总是那样生机勃勃。

黄庭坚（1045—1105年），字鲁直，自号山谷道人，晚号涪（fú）翁，洪州分宁（今江西修水）人。北宋著名诗人，与苏轼齐名，并称“苏黄”。

春　日

秦　观

一夕轻雷落万丝[1]，

霁光[2]浮瓦[3]碧参差[4]。

有情芍药含春泪[5]，

无力蔷薇卧晓枝[6]。

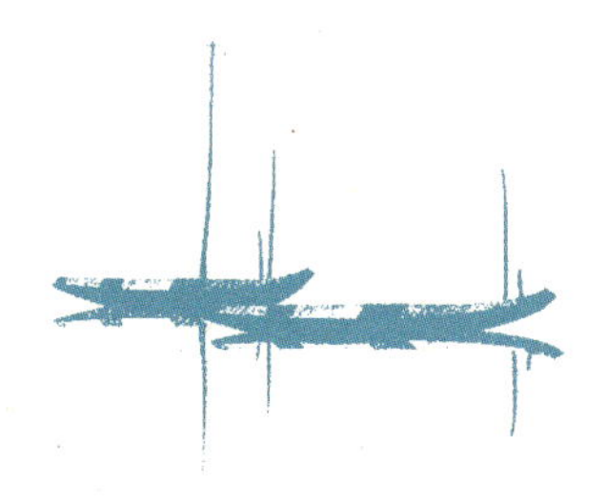

〔注释〕

① 落万丝：落下稠密的雨丝。

② 霁光：转晴后的阳光。

③ 浮瓦：在瓦上闪动。

④ 参差：太阳照在琉璃瓦上折射出长短不齐的光线。

⑤ 含春泪：形容芍药在春雨中未干的样子。

⑥ 卧晓枝：雨后清晨横卧的花枝。

〔艺术评点〕

杜甫《春夜喜雨》中“晓看红湿处，花重锦官城”，只是勾勒了春天夜雨过后的总体印象，而此诗则细致描绘了春雨后庭园一角的精巧画面：琉璃瓦明丽浮光，芍药花多情含泪，蔷薇花娇卧无力。诗人用柔美的语言写出了春天花草百媚千娇的姿容。

秦观（1049—1100年），字少游，又字太虚，号淮海居士，高邮（今江苏高邮）人。宋代著名词人，也工诗。

过松源，晨炊漆公店[1]·其五

杨万里

莫言[2]下岭便无难，

赚得[3]行人错喜欢。

正入万山圈子里，

一山放出一山拦。

〔注释〕

① 松源、漆公店：都在今皖南山区。

② 莫言：不要说。

③ 赚得：骗得。

〔艺术评点〕

这首诗写出了诗人下山时的新鲜感受和发现。头两句出之以议论，指出了“下岭便无难”，只是骗得行人错喜欢一场而已。后二句接着解释前两句留下的悬念：为什么说“赚得行人错喜欢”？行人历尽艰难爬上山顶以后，正兴冲冲地以为“下岭便无难”了，哪知刚下了一山，又有一山拦在面前，他这时才恍然大悟，自己正被困在万山的圈子里，上山艰难，下岭也不容易。诗人把大山写得像有个性、有生命似的，而且还很有点狡猾，连聪明的行人都给骗了。

杨万里（1127—1206 年），字廷秀，号诚斋，吉州吉水（今江西吉水）人。南宋著名诗人，与陆游、范成大等并称为“中兴诗人”。

新柳

杨万里

柳条百尺拂银塘[1]，
且莫[2]深青只浅黄。
未必柳条能蘸水[3]，
水中柳影引他长。

〔注释〕

① 银塘：水色清美，泛着银光的池塘。

② 且莫：切莫，千万不要。

③ 蘸（zhàn）水：刚刚挨着水面。

〔艺术评点〕

有人说“不笑就不是杨万里诗歌”，各类题材在他的笔下都写得幽默机智，连山水诗也充满喜剧的色彩。这首诗所咏的对象是人们常见的柳树，诗人居然把它写得妙趣横生，他采用拟人的手法，说岸上柳丝的长是由于水中柳影的招“引”，柳丝与柳影像一对手牵手的姊妹，加之他语言的轻松活泼，谁读它都会报以会心的微笑。

蓝额红尾鸲（Phoenicurus frontalis）

故人西辞黄鹤楼，
烟花三月下扬州。
孤帆远影碧空尽，
唯见长江天际流。

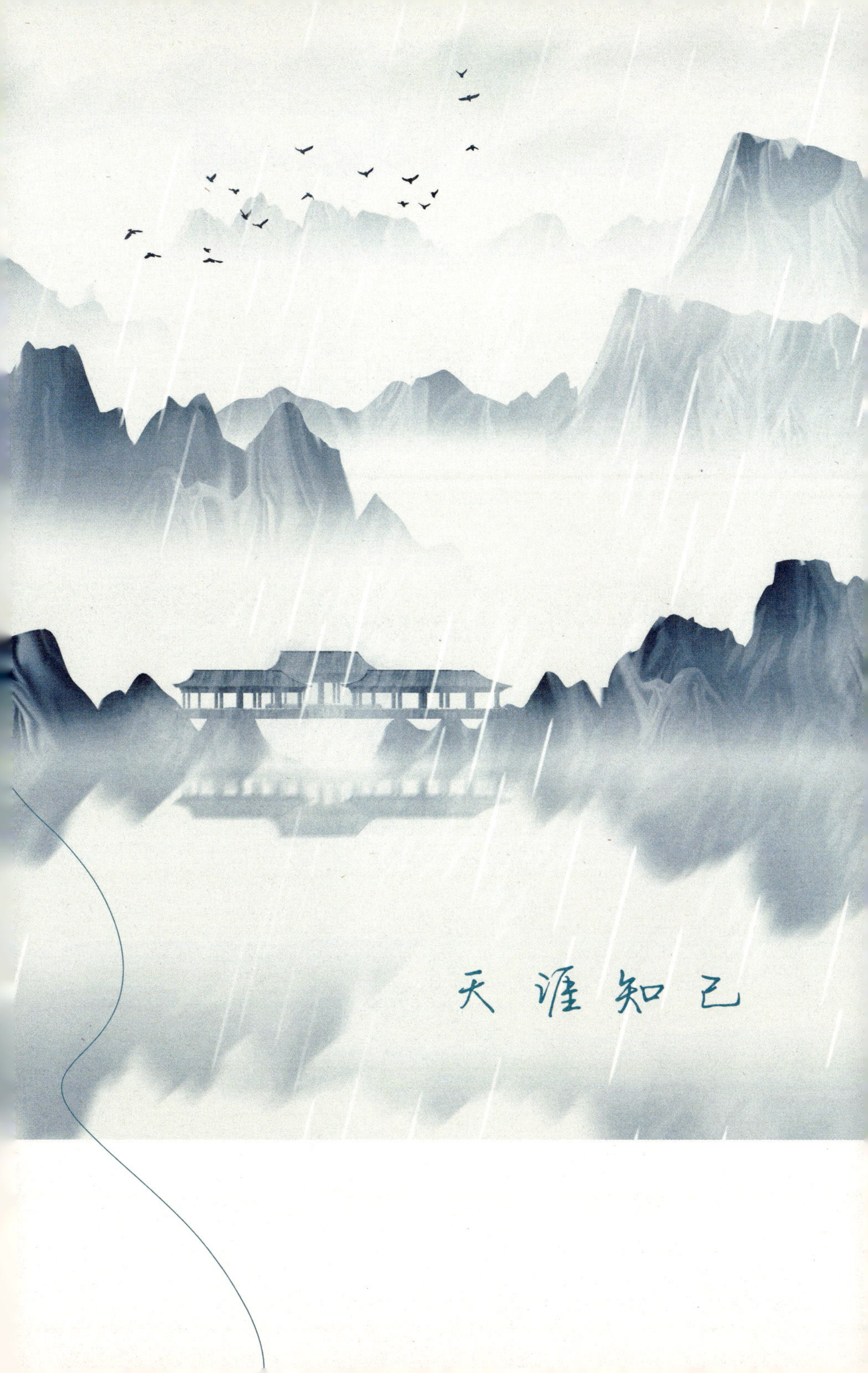
天涯知己

赠范晔诗[1]

陆　凯

折花逢驿使[2]，

寄与陇头人[3]。

江南无所有，

聊[4]赠一枝春[5]。

〔注释〕

① 范晔（yè）：字蔚宗，著名史学家，《后汉书》作者。陆凯的好友。

② 驿（yì）使：古代传递公文、信件的人。

③ 陇头人：指当时住在长安的范晔。陇头，原指陕西陇山边（今陕西陇县西北）。

④ 聊：姑且。

⑤ 一枝春：指梅花。

〔艺术评点〕

这首诗前两句叙事：好不容易碰到正要北上的驿使，便折了一枝梅花托他捎给北方的友人。读者至此一定大惑不解：什么东西不好赠呢，大老远偏送去一枝梅花？这便引出了三、四句，如向友人送肉送酒送金送银，都显得俗不可耐，赠上这枝梅花，给挚友送去春天的温暖，送去自己美好的祝愿，让它鞭策自己坚贞不屈，让它勉励挚友一尘不染……构思既巧妙，语言也清新，情趣更高雅。

陆凯（？—约504年），字智君，北魏代郡（今河北蔚县）人。南北朝文学家。

送杜少府[1]之任[2]蜀州[3]

王　勃

城阙[4]辅三秦[5]，

风烟望五津[6]。

与君离别意，

同是宦游人[7]。

海内[8]存知己[9]，

天涯若比邻[10]。

无为[11]在歧路[12]，

儿女共沾巾。

〔注释〕

① 杜少府：作者的友人。少府为唐代时对县尉的通称。

② 之任：赴任。

③ 蜀州：蜀地。

④ 城阙（què）：指城楼，此处指京城长安。

⑤ 三秦：泛指长安附近的地区。辅三秦：以三秦为辅卫。

⑥ 五津：当时四川岷江中的五个渡口，泛指蜀地。

⑦ 宦游人：在外地做官的人。

⑧ 海内：四海之内。

⑨ 存知己：有知心朋友。

⑩ 若比邻：像近邻。

⑪ 无为：不要。

⑫ 歧路：岔路口。

〔艺术评点〕

我们古人的送别诗总是写得伤心落泪，这首别诗却变哭哭啼啼为乐观的鼓励，化缠绵感伤为旷达豪爽，表现了一代开拓者昂扬进取的胸怀。音调高亢，意境开阔。

王勃（650—676年），字子安，绛州龙门（今山西河津）人。初唐著名诗人，为“初唐四杰”之一。

过[1]故人庄[2]

孟浩然

故人具[3]鸡黍[4]，
邀我至田家。
绿树村边合[5]，
青山郭[6]外斜[7]。
开轩[8]面场圃[9]，
把酒[10]话[11]桑麻。
待到重阳日，
还来就菊花[12]。

〔注释〕

① 过：拜访，探望。

② 故人庄：朋友的庄园。

③ 具：准备，置办。

④ 黍（shǔ）：黄米饭。

⑤ 合：合拢，此处有环绕的意思。

⑥ 郭：外城，此处指村庄的周围。

⑦ 斜（xiá）：斜立。

⑧ 轩：窗子。

⑨ 面场圃：对着打谷场和菜园。

⑩ 把酒：端着酒杯。

⑪ 话：谈话，闲谈。

⑫ 就菊花：前来欣赏菊花。就：靠近。

〔艺术评点〕

没有昂贵的美味佳肴，也没有排场的高车大马，就是那么一个普通的农庄，一餐备有鸡黍的农家饭菜，一段与农民的家常话，读来却兴味无穷。诗中平易朴实的语言与淳厚亲切的农家气氛和谐统一，一切都是那样自然真率。

九月九日[1]忆山东[2]兄弟

王　维

独在异乡为异客[3]，
每逢佳节倍思亲。
遥知兄弟登高处，
遍插茱萸[4]少一人。

〔注释〕

① 九月九日：重阳节。

② 山东：华山以东地区，此处指属于“山东”地区的故乡。

③ 异客：在外乡做客的人，指诗人自己。

④ 茱萸（zhū yú）：一种香草。古人重阳节爬山登高，把它插在头上，以驱灾避邪。

〔艺术评点〕

这首诗是诗人十七岁的作品，那时他正在长安、洛阳等地漫游。首二句写自己思念兄弟，一位漂泊他乡的少年，在节日里强烈的思亲之情爆发而出，便成质朴深厚的警言妙语。后二句他遥想家中的兄弟思念自己，把想象中的情景描绘得历历如画。构思上前直后曲，既真率又新颖。

牛背鹭（Bubulcus coromandus）

送元二[1]使[2]安西[3]

王 维

渭城[4]朝雨浥[5]轻尘，

客舍[6]青青柳色新。

劝君更[7]尽一杯酒，

西出阳关[8]无故人。

〔注释〕

① 元二：作者的朋友元常，在兄弟中排行第二，故名“元二”。

② 使：出使。

③ 安西：地名，今新疆维吾尔自治区库车附近。

④ 渭城：地名，在今西安西北。

⑤ 浥（yì）：湿润。

⑥ 客舍：旅店。

⑦ 更：再。

⑧ 阳关：故址在今甘肃敦煌西南，为当时通往西域的要道。

〔艺术评点〕

这是一首极负盛名的送别诗，被谱入乐曲后名为《渭城曲》或《阳关曲》，在以后的几百年广为传唱。前二句写景：朝雨写出了别时气氛的阴晦凄清，新柳拂起依依难舍的离别之情。后二句抒情：以殷勤劝酒抒发对朋友的留恋、关切、挂念。语淡情浓，轻柔婉转，念起来叫人回肠荡气，入乐后唱起来更感人。

芙蓉楼[1]送辛渐[2]·其一

王昌龄

寒雨[3]连江[4]夜入吴[5]，

平明[6]送客[7]楚山孤。

洛阳亲友如相问，

一片冰心[8]在玉壶[9]。

〔注释〕

① 芙蓉楼：故址在今江苏镇江。

② 辛渐：诗人的朋友。

③ 寒雨：秋雨。

④ 连江：满江。

⑤ 吴：和下文的“楚”都是春秋时的国名。镇江地处春秋吴国，那时吴、楚地域相连。

⑥ 平明：清晨。

⑦ 客：指辛渐。

⑧ 冰心：古人常以“冰”喻心的纯洁。

⑨ 玉壶：唐人常以“玉壶”比拟为官的清廉。

〔艺术评点〕

王昌龄不注意生活小节，因而常常招来敌人的诽谤和友人的误解。这首诗一下笔就涂抹出满纸烟雨和孤单的楚山，烘托出诗人心境的凄清孤独，更反衬出诗人性格的傲岸坚强，身陷困境之中却不向困境低头，仍然保持冰清玉洁的本性，环境的黯淡无妨他心境的高洁。构思精巧曲折，诗意含蓄蕴藉。

王昌龄（698—约 757 年），字少伯，京兆长安（今陕西西安）人。唐代著名诗人，诗歌多写边塞军事生活和妇女题材，擅长七言绝句。

静夜思

李　白

床前明月光，

疑是[①]地上霜。

举头[②]望明月，

低头思故乡。

〔注释〕

① 疑是：以为是。疑：怀疑，疑惑。

② 举头：抬头，仰头。

〔艺术评点〕

这首只有二十字的绝句，只以平易的口语叙述乡情，却打动了历代的读者，还被不少文人评为“妙绝古今”的佳作。它的艺术魅力何在呢?

长久奔波外乡的人，白天忙于公务或私事，一到夜深人静时，乡情就涌上心头。这首诗前二句从视觉写到错觉：深夜梦醒，朦胧中见床前银色的月光，误以为地上铺了一层浓霜。后二句写他清醒后所思所想的微妙心理：等他定神一看，才明白是月色而不是秋霜，他凝望着月亮，不禁想起了故乡，想起了亲人，诗人渐渐低下头沉入深深的乡思之中。由“疑”而“举头”、由“举头”而“低头”，几个简单的动作表现了诗人丰富的心理活动，它把乡愁说明却又不说尽。这首诗在内容上单纯而又丰富，在艺术上明了而又含蓄，在语言上更是天然独至。

夜鹭（Nycticorax nycticorax）

送孟浩然之[1]广陵[2]

李　白

故人西辞黄鹤楼[3]，

烟花[4]三月下扬州。

孤帆远影碧空尽[5]，

唯见[6]长江天际[7]流。

〔注释〕

① 之：到，去。

② 广陵：今江苏扬州。

③ 黄鹤楼：在今湖北武昌蛇山。

④ 烟花：指暮春浓丽迷蒙的景色。

⑤ 碧空尽：远去的孤帆消失在水天之际。

⑥ 唯见：只见。

⑦ 天际：天边。

〔艺术评点〕

送别之地是充满神话色彩的黄鹤楼头，送别之时是风光浓丽的暮春三月，友人将去的又是繁花似锦的扬州，加之送者豪迈、别者潇洒，不难想象这次离别的那种浪漫的情调。多谢诗人为我们留下了这幅诗意浓郁的送别图，以阔大的境界写深挚的离情，文辞一气呵成，诗意余味无穷，达到了明快与含蓄的和谐统一。

赠汪伦[1]

李　白

李白乘舟将欲行[2]，

忽闻岸上踏歌[3]声。

桃花潭[4]水深千尺，

不及汪伦送我情！

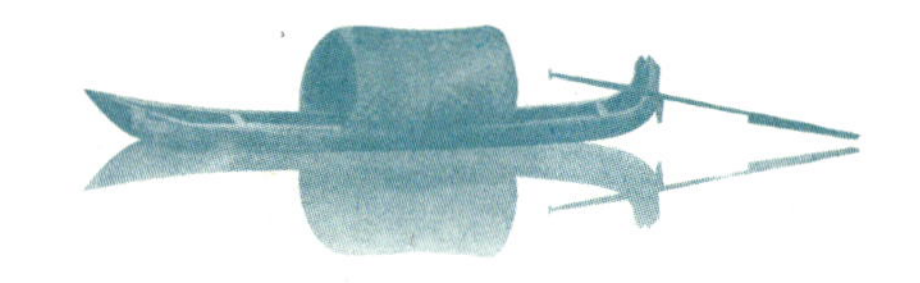

〔注释〕

① 汪伦：泾（jīng）县（今安徽泾县）的一位农民。

② 将欲行：正准备离开。

③ 踏歌：边唱边走，以脚踏地为节拍。

④ 桃花潭：在泾县西南。

〔艺术评点〕

李白漫游至泾县桃花潭时，当地的农民汪伦常酿美酒招待这位大诗人，他们两人结下了深情厚谊。诗人离开这儿时，汪伦特地赶来送行，这首诗是别者赠给送者的。前半叙事，后半抒情。“忽闻”写别者的惊喜，“踏歌声”写送者的真率。正因为这次送行出乎诗人的意料，才有诗歌后半部分的动人抒情。比喻好像信手拈来，却又是那样自然贴切，别情深沉真挚，格调却不感伤低沉。

春夜洛城[1]闻笛

李　白

谁家玉笛暗飞声[2]，

散入春风[3]满洛城。

此夜曲中闻折柳[4]，

何人不起故园情[5]？

〔注释〕

① 洛城：洛阳城。

② 暗飞声：不知从什么地方飞来的乐声。

③ 散入春风：融进春风。

④ 折柳：《折杨柳》乐曲，内容主要表现离别之情。

⑤ 故园情：思念故乡之情。

〔艺术评点〕

清扬婉转的笛声融入春风，传遍了整个洛阳城，而笛中所吹的是伤离念别的《折杨柳》之曲，连空气中也渗透了伤离的气氛。望着天上的明月，听着《折杨柳》的笛声，激起了他埋藏在心底的故园之情。诗人的这种乡思太强烈了，他觉得似乎全洛阳的人都沉浸在思乡之情中。

北红尾鸲（Phoenicurus auroreus）

送友人

李　白

青山横[1]北郭[2]，

白水绕东城。

此地一为别，

孤蓬[3]万里征。

浮云游子意，

落日故人情。

挥人自兹[4]去，

萧萧[5]班马[6]鸣。

〔注释〕

① 横：横亘，横跨。

② 郭：外城。

③ 孤蓬：蓬草在秋后遇风吹散，飞转无定，诗人常以此比喻游子。此处指远行的友人。

④ 自兹：从这里。

⑤ 萧萧：马鸣声。

⑥ 班马："班"即分开，"班马"指分别时两方所骑的马。

〔艺术评点〕

首联以"青山""白水"勾勒告别之地秀丽如画的美景。颔、颈联写离别的深情，在水秀山明、落霞满天的情景下分手，送者和别者都难舍难分。尾联以马的萧萧长鸣衬托别情的依恋缱绻。语言如行云流水，舒卷自然。

闻王昌龄左迁[①]龙标[②]，遥有此寄

李　白

杨花落尽子规[③]啼，
闻道龙标[④]过五溪[⑤]。
我寄愁心与明月，
随风直到夜郎[⑥]西。

〔注释〕

① 左迁：古时尊右卑左，称贬官为“左迁”。

② 龙标：在今湖南黔阳，唐时为荒僻之地。

③ 子规：杜鹃鸟。

④ 龙标：此处指王昌龄。

⑤ 五溪：湖南与贵州接壤处的五条河的总称。

⑥ 夜郎：唐时叫夜郎的有三处，两处都在今贵州桐梓，本篇所说的在今湖南沅陵，龙标在夜郎的西南方。

〔艺术评点〕

王昌龄是李白交情深挚的诗友，二人在绝句上的成就各有千秋。听说王昌龄无端被贬往荒凉的龙标，李白写了这首充满同情和关切的诗章。首句以写景暗喻飘零之感，次句以叙事见贬地之荒凉，三、四句的想象丰富奇特，托付无情的明月给友人带去自己对他的忧虑和思念之情，缠绵悱恻，语挚情深。

别董大[1]·其一

高　适

千里黄云白日曛[2]，

北风吹雁雪纷纷。

莫愁前路无知己，

天下谁人不识君[3]？

〔注释〕

① 董大：唐玄宗时的著名琴师董庭兰。因他在家中排行老大，所以称董大。

② 曛（xūn）：天色昏暗的样子。

③ 君：你，此处指董大。

〔艺术评点〕

一个是弹琴高手，一个是著名诗人，他们因人生的坎坷而流落塞北。诗的前二句以白描手法写送别之地的苍茫严寒：漫天的黄沙把天空搅得昏暗不明，北风裹着大雪呼啸狂舞，遥空断雁，匆匆南逃。后二句以“莫愁”健笔喝起，刚才还令人气寒、心寒的景象似乎已成过去，顿觉眼前天高地阔，前路光明。声情慷慨，豪爽质朴，生动地表现了一代士人勇往直前的精神风貌。

高适（704—765年），字达夫，渤海蓨（今河北景县）人。唐代著名诗人，诗歌主要写边塞军事生活，与岑参齐名，并称“高岑”。

逢入京使[1]

岑　参

故园[2]东望路漫漫[3]，
双袖龙钟[4]泪不干。
马上相逢无纸笔，
凭君[5]传语报平安。

〔注释〕

① 入京使：回京城的使者。

② 故园：故乡，指在京城长安的家。

③ 漫漫：遥远的样子。

④ 龙钟：涕泪淋漓的样子。

⑤ 凭君：劳驾您，请您。

〔艺术评点〕

岑参是一位天性浪漫而又志向远大的诗人，几次投笔从戎远赴边疆，本诗写的大概是他初次去边塞的情景。越往西走离故乡越远，回头一望，故乡好像远在天边，不知不觉泪水横流，前二句形象地描绘了初别家乡的诗人思家心切的神态。后二句描写托人捎回口信的细节，既表现了诗人情感的细腻丰富，又表现了他胸襟的豪迈开阔。全诗冲口而出，自然天成。

岑参（约718—约769年），原籍南阳（今河南南阳）。唐代著名诗人，以边塞诗成就最高，与高适并称“高岑”。

大白鹭（*Ardea alba*）

游子[1]吟

孟　郊

慈母手中线，

游子身上衣。

临行密密缝，

意恐迟迟归。

谁言寸草[2]心，

报得三春晖[3]。

〔注释〕

① 游子：离家在外或久居外乡的人。

② 寸草：小嫩草。此处比喻游子。

③ 三春晖：阳春三月的阳光。此处比喻母亲的温暖和慈爱。

〔艺术评点〕

孟郊一生穷困潦倒，常年颠沛流离，见惯了世态的炎凉，受够了人们的白眼，只有母爱一直在滋润着他、温暖着他。这首诗通过临行前母亲为儿子赶制新衣的场面，让伟大无私的母爱从日常生活的细节中流露出来，形象逼真，亲切感人。它唤起了普天下儿女对母爱的深切体验，因而能拨动每一个读者的心弦，成为历代传诵不衰的绝唱。

孟郊（751—814年），字东野，湖州武康（今浙江德清）人。中唐著名诗人，诗歌多写自己的穷苦生活和不幸遭遇。

秋　思

张　籍

洛阳城里见秋风[①]，

欲作家书意万重[②]。

复恐匆匆说不尽，

行人[③]临发[④]又开封。

〔注释〕

① 见（xiàn）秋风：秋风一起，四望萧瑟。

② 意万重：想说的话很多。

③ 行人：送信的人。

④ 临发：即将出发。

〔艺术评点〕

我们的古人一到秋天，看见草木摇落、树叶枯黄，常常引发他们的思乡之情。本诗因“见秋风”而想到“作家书”，因“意万重”而怕“说不尽”，因怕“说不尽”才引出了“又开封”，诗意上环环相扣，辞气则联翩直下，通过日常生活中的小片断和细节，真切而细腻地表现了诗人对家乡和亲人的深沉怀念。后用明白如话的口语，写人人胸中常有的感情，自然、平易而又亲切。

张籍（约 766—约 830 年），字文昌，原籍吴郡（今江苏苏州），和州乌江（今安徽和县）人。中唐著名诗人。

棕头鸥（Chroicocephalus brunnicephalus）

旅次朔方[1]

刘　皂

客舍[2]并州[3]已十霜[4]，

归心日夜忆咸阳[5]。

无端[6]更渡[7]桑干水[8]，

却望[9]并州是故乡。

〔注释〕

① 旅次：旅途中暂住，引申为客居。朔方：北方，此处指并州。该诗又名“渡桑干”。

② 客舍：客居。

③ 并州：今山西太原。

④ 十霜：十年。

⑤ 咸阳：在今陕西咸阳东。

⑥ 无端：没来由，无缘无故。

⑦ 更渡：再渡，又渡。

⑧ 桑干水：桑干河，发源于山西马邑县桑干山，流经并州。

⑨ 却望：回头望。

〔艺术评点〕

诗人在并州客居十载，他朝思夜梦的就是回故乡咸阳，哪知今日不仅不能南归故乡，反而要北渡到离家更远的桑干河。旅居并州已非自己的心愿，北渡桑干水更属无可奈何。在并州时尚且思念故乡，今渡桑干再望，并州已如故乡那样遥远，更何况故乡还在并州之南呢？回乡越难实现，思乡就越深切。这首诗构思十分曲折，抒情也非常委婉动人。

刘皂（生卒年不详），中唐人，生平事迹不详，现存诗五首。

夜雨寄北[1]

李商隐

君[2]问归期未有期，

巴山[3]夜雨涨秋池。

何当[4]共剪西窗烛，

却话[5]巴山夜雨时。

〔注释〕

① 寄北：当时诗人在四川一带漫游，他的妻子住在长安，所以称为“寄北”。

② 君：此处指诗人的妻子。

③ 巴山：此处泛指巴蜀一带。

④ 何当：什么时候才能。

⑤ 却话：再说。

〔艺术评点〕

本诗首句写夫妻情深："君问归期"是妻子急切地盼望丈夫归来，"未有期"是丈夫有家未能归的痛苦。次句宕开，铺写眼前景色，诗人在这秋夜，于孤灯下听雨，秋雨淅沥不断，愁人辗转难眠，以潇潇之雨写孤寂之情。后两句又由今夜离别的凄苦，写到想象中的他日重聚的欢乐，而他日的重聚越快乐，正见出今夜彼此的思念越深沉、痛苦，这种构思的确别开生面。

李商隐（约 813—约 858 年），字义山，号玉谿（xī）生，怀州河内（今河南沁阳）人。晚唐著名诗人，擅长律诗和绝句，诗风华丽，成就很高，与杜牧齐名，并称"小李杜"。

大白鹭（*Ardea alba*）

淮上[1]与友人别

郑　谷

扬子江[2]头杨柳春，

杨花愁杀[3]渡江人。

数声风笛[4]离亭[5]晚，

君向潇湘[6]我向秦[7]。

〔注释〕

① 淮上：这里应指“秦淮河上”。秦淮河属长江下游支流，在南京西入长江。

② 扬子江：长江下游河段的旧称。

③ 愁杀：非常愁，非常使人愁。

④ 风笛：风中传来的笛声。

⑤ 离亭：古人常在驿亭（传送公文、书信的人休息、住宿的地方）送别，惯于把驿亭称为“离亭”。

⑥ 潇湘：潇水和湘水，在今湖南境内。

⑦ 秦：陕西一带，实指京都长安。

〔艺术评点〕

秦淮河上两位友人正在握手作别，纷飞的杨花缭乱了他们的别绪，轻飏的柳丝牵动了他们的离愁，在疏朗优美的画面中，流露了诗人和友人的别情。结尾两句用强烈对照的手法，抒写了各向天涯，南北分离的伤感。这首诗在语言上同音字多次重复，如“扬子江”“杨柳春”“杨花”，使语言风调流利，后面“君”“我”对举，“向”字重出，使全诗咏叹有情。

郑谷（约851—约910年），字守愚，江西袁州（今江西宜春）人。唐末诗人。

夏口[1]夜泊别友人

李梦阳

黄鹤楼[2]前日欲低[3]，
汉阳[4]城树乱乌啼。
孤舟夜泊东游客[5]，
恨杀长江不向西。

〔注释〕

① 夏口：今湖北汉口。

② 黄鹤楼：见李白《送孟浩然之广陵》注③。

③ 日欲低：夕阳正要西沉。

④ 汉阳：今汉阳，武汉三镇之一，与武昌、汉口合为武汉。

⑤ 东游客：顺江东下的游客，此处是诗人自指。

夜鹭（Nycticorax nycticorax）

〔艺术评点〕

夕阳西下而人在天涯，傍晚飞归的乌鸦啼叫不止，此刻，诗人的心情是多么孤独、寂寞呵！首二句以“落日沉江”和“归乌乱啼”的晚景，来衬托诗人羁旅惆怅的心境。后两句直抒胸臆，“恨杀长江不向西”，表明诗人对漂泊的厌倦，对家乡和亲人的眷恋。

李梦阳（1473—1530 年），字献吉，号空同子。甘肃庆阳人。明代著名文学家。

别　母

汪　中

细雨春灯夜欲分[1]，
白头[2]闲坐话艰辛。
出门便是天涯路[3]，
明日思亲梦里人。

〔注释〕

① 夜欲分：将过半夜。

② 白头：喻年迈的母亲。

③ 天涯路：指遥远漫长的旅途。

〔艺术评点〕

是母亲的乳汁养育了我们，是母亲的怀抱温暖着我们，还有什么比母子之情更深厚、更崇高、更无私的呢？这首诗细腻地抒写了母子之情。在一个春雨绵绵的夜晚，满头银发的老母拉着即将离别的儿子，围坐在窗前灯下，闲话生活的酸甜苦辣，拉扯人生的离合悲欢。母亲是儿子心灵的温暖，儿子是母亲人生的希望，母子相依为命，难舍难分。即使明日自己与母亲远隔天涯，儿子仍然使母亲魂牵梦绕，母亲也让儿子念念不忘。儿女正因为有这样深厚的母子之爱，才乐观、奋发、向上。

汪中（1744—1794年），字容甫，江都（今江苏扬州）人。清代著名学者、散文家，也长于诗。

葡萄美酒夜光杯，
欲饮琵琶马上催。
醉卧沙场君莫笑，
古来征战几人回？

金戈铁马

凉州词·其一

王之涣

黄河远上白云间，

一片孤城[1]万仞山[2]。

羌笛[3]何须怨杨柳[4]，

春风不度玉门关[5]。

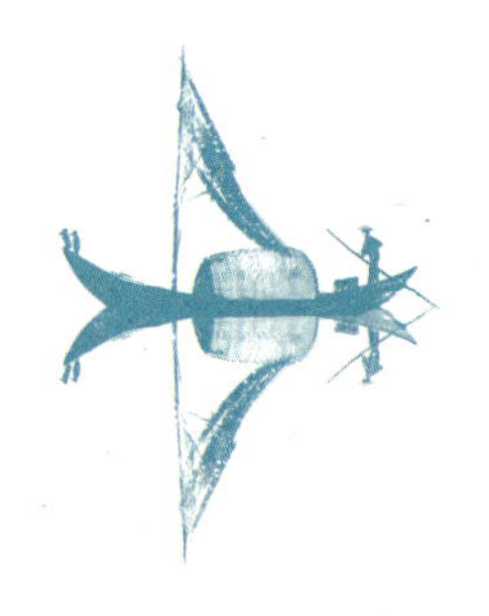

〔注释〕

① 孤城：指下文的“玉门关”。

② 仞：古代的长度单位，一仞相当于今天的八尺。万仞山：夸张其山之高。

③ 羌笛：北方少数民族羌人所吹的笛子，后传入内地。

④ 杨柳：指古代的一种曲调名《折杨柳》，内容主要表现离别之情。

⑤ 玉门关：在今甘肃敦煌西。

〔艺术评点〕

这首诗抒写了戍边将士的孤寂思乡之情。逶迤辽远的黄河，一望无垠的荒漠，壁立万仞的高山，以及孤零零的城堡，这些将士们生活的环境既开阔雄浑，又单调荒凉，为后面的思乡作了铺垫。《折杨柳》本是伤离别的曲调，可是玉门关外春风不度、杨柳不青，想折一枝杨柳以寄离情也不可能，羌笛又何须去“怨杨柳”呢？诗作苍凉而悲壮，哀怨却不颓唐，在当时就广为传唱。

出塞[1]·其一

王昌龄

秦时明月汉时关[2]，

万里长征人未还。

但[3]使龙城飞将[4]在，

不教胡马[5]度阴山[6]。

〔注释〕

① 出塞：为乐府诗旧题，内容多写战争。

② 秦时明月汉时关："秦""汉"在字面上虽分属"月"和"关"，但在意义上是合指的。

③ 但：只要。

④ 龙城飞将：汉代镇守龙城的名将李广，他善骑射，匈奴称他为"飞将军"。龙城：卢龙县（今属河北）。

⑤ 胡马：指敌人的军队。"胡"是古代对北方少数民族的称谓。

⑥ 阴山：横亘于今内蒙古自治区中部的山脉，汉代匈奴常越过此山骚扰内地。

〔艺术评点〕

本诗借征人在边关月夜的感想，抒写了诗人想早日结束战争的美好愿望，并委婉地指责了当时将帅的无能。前二句从千年以前、万里之外着笔，在广阔的时空背景下，表现了对这种无休无止战争的厌倦：月亮还是秦汉时的月亮，关塞也还是秦汉时的关塞，而从万里以外来守卫边关的将士却不见他们归来。三、四句以对古代英雄的追怀，来表示对现今将帅无能的谴责。诗中的讽刺非常含蓄，意境却格外雄浑，被后来许多诗人评为唐代七绝"第一"。

从军行·其二

王昌龄

琵琶[1]起舞换新声[2]，
总是关山[3]旧别情。
撩乱[4]边愁[5]听不尽，
高高秋月照长城。

〔注释〕

① 琵琶：一种弦乐器。

② 换新声：换一支新曲。

③《关山》：即《关山月》乐府曲调，内容为抒发离别之情。

④ 撩乱：纷乱。

⑤ 边愁：在边塞的离愁。

普通鵟（Buteo buteo）

〔艺术评点〕

将士们随着琵琶声翩翩起舞，场面、乐器、乐曲虽然换了又换，可通夜尽欢还是驱不走他们心底的离别之情。诗最后以“秋月照长城”的写景作结，撩乱心神的边声已不堪闻，惹人思乡的边景更不可睹，入耳入目的尽是边愁，这种以景结情的方法含蓄蕴藉。

从军行[1]·其四

王昌龄

青海[2]长云[3]暗雪山[4]，

孤城[5]遥望玉门关。

黄沙[6]百战穿[7]金甲[8]，

不破楼兰[9]终不还。

〔注释〕

① 行：古代一种诗歌体裁。

② 青海：指青海湖，在今青海西宁西。

③ 长云：连绵不断的云。

④ 雪山：祁连山。

⑤ 孤城：玉门关，在今甘肃敦煌西。

⑥ 黄沙：大沙漠或战场飞扬的尘土。

⑦ 穿：磨穿。

⑧ 金甲：铁甲，金属制成的盔甲。

⑨ 楼兰：汉时西域的国名，在今新疆鄯善县东南一带。这里泛指侵扰西北地区的敌人。

〔艺术评点〕

诗歌前二句先描写景物以烘托战争的严峻气氛：青海上空乌云密布，白雪皑皑的天山也暗淡无光，由青海远望，玉门关只是一座孤城。第三句写战争的紧张激烈。最后一句歌颂将士舍身报国的英勇气概。前三句写环境的险恶和战斗的激烈，都是为了衬托边塞将士的忠勇，第四句是全诗的重点。这首诗声情慷慨，悲壮豪迈。

从军行·其五

王昌龄

大漠风尘[1]日色昏[2]，

红旗半卷出辕门[3]。

前军夜战洮河[4]北，

已报生擒吐谷浑[5]。

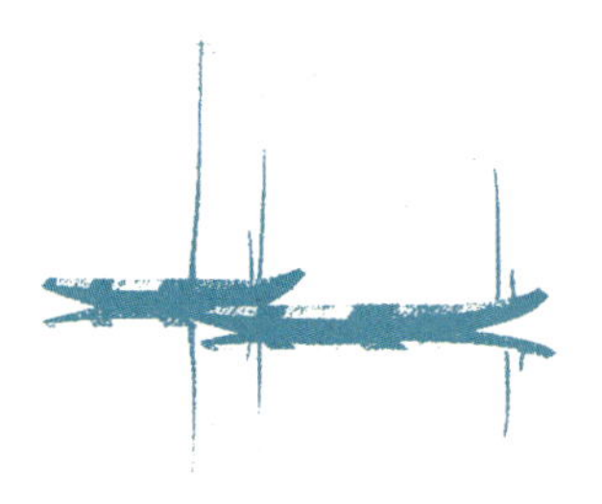

〔注释〕

① 风尘：沙漠中风卷起的沙尘。

② 昏：昏暗。

③ 辕门：军营的门。古代行军扎营用车环卫，用两车的车辕竖起做门。此处指军营。辕：车前驾牲畜的两根直木。

④ 洮（táo）河：黄河上游的支流之一，发源于青海海南藏族自治州西倾山。

⑤ 吐谷浑（tǔ yù hún）：晋时鲜卑族慕容部的后裔，占据洮河西南一带，唐时经常骚扰边境。此处泛指敌人。

〔艺术评点〕

这首描写战争的短诗并没有从正面写战争，只写未与敌人交战的后续部队顶狂风、冒沙尘，急速出兵增援，半卷的红旗像离弦的箭一样冲向战场，可是还不等他们上阵一试锋芒，半路就已获捷报：前锋在夜战中大获全胜，已经活捉了敌军的头目。这支部队如何强大剽悍，如何英勇善战，统统从侧面烘托出来，以别出心裁的构思写出人意料的胜利，给人以异乎寻常的喜悦轻快之感。

凉州词[1]·其一

王　翰

葡萄美酒夜光杯[2]，
欲饮琵琶马上催[3]。
醉卧沙场[4]君莫笑，
古来征战几人回？

〔注释〕

① 凉州词：唐乐府名，多写军旅战争生活。凉州：在今甘肃武威。

② 夜光杯：一种夜间能发光的酒杯，据说用它盛酒，酒味香甜。产于西域。

③ 催：催人出发。

④ 沙场：战场。

〔艺术评点〕

酒是西域产的“葡萄美酒”，杯是西域产的“夜光杯”，乐器是胡人演奏的琵琶，还有那“沙场”“征战”“马上”，诗歌洋溢着浓郁的边塞战地风情。酒是美酒，杯是宝杯，诱得人非醉不可，但马上又传来琵琶声，催人迅速出征应敌，形势又使人欲醉不能。在这紧张激动的时刻，战士们不辞醉卧沙场，抱着酒杯倒海倾江般地狂饮，可别以为他们是一群浑浑噩噩的酒徒，听听他们的心声吧：“古来征战几人回！”诗人以豪迈的行为、旷达的语言，表现一种极度沉痛的情感。

王翰（687—726年），字子羽，并州晋阳（今山西太原）人。盛唐诗人，原有诗集，已失传。

前出塞[1]·其六

杜　甫

挽弓[2]当[3]挽强[4]，

用箭当用长[5]。

射人先射马，

擒贼先擒王。

杀人亦有限[6]，

列国[7]自有疆[8]。

苟[9]能制侵陵[10]，

岂在[11]多杀伤。

〔注释〕

① 前出塞：杜甫先写了九首《出塞》，后又写了五首，加“前”“后”以示区别。

② 挽弓：指拉弓。

③ 当：应当。

④ 强：强弓。

⑤ 长：指长箭。

⑥ 亦有限：也应该有个限度。

⑦ 列国：同时并存的各个国家。

⑧ 自有疆：各国有自己的边界。疆：疆界。

⑨ 苟：假如，如果。

⑩ 制侵陵：制止侵犯。

⑪ 岂在：哪里在于。

〔艺术评点〕

这首诗意在讽刺唐玄宗对边境他国的侵略政策，宏论迭出，正气逼人。前四句以当时流行的谣谚讲如何克敌制胜的关键，后四句写如何避免滥杀人民和掠夺土地。以民谣和谚语入诗，全诗似在议论，又似在抒情，似在规劝，又似在讥讽，情理兼胜，妙语连珠。

闻官军[1]收河南河北[2]

杜　甫

剑外[3]忽传收蓟北[4]，

初闻涕泪[5]满衣裳。

却看[6]妻子愁何在[7]，

漫卷[8]诗书喜欲狂。

白日放歌[9]须纵酒[10]，

青春作伴[11]好还乡。

即[12]从巴峡[13]穿巫峡[14]，

便下襄阳[15]向洛阳[16]。

〔注释〕

① 官军：政府军。

② 河南河北：今洛阳和河北北部一带。

③ 剑外：剑门关以南，蜀地的代称。

④ 蓟（jì）北：在唐代泛指幽州、蓟州一带，今河北北部一带，叛军的根据地。

⑤ 涕泪：涕、泪都指眼泪。

⑥ 却看：再看，还看。

⑦ 愁何在：愁已无影无踪。

⑧ 漫卷：胡乱地卷起。

⑨ 放歌：放声高歌。

⑩ 纵酒：纵情畅饮。

⑪ 青春作伴：回乡的路上有明媚的春光相伴。青春：春天。

⑫ 即：马上。

⑬ 巴峡：长江东流至湖北省巴东县西一带的江峡。

⑭ 巫峡：长江三峡之一，在四川巫山东。

⑮ 襄阳：今湖北襄樊。

⑯ 洛阳：今河南洛阳。

〔艺术评点〕

长达八年的安史之乱，使大唐帝国元气大伤，一蹶不振，更使人民家破人亡，流离失所，诗人杜甫也受尽颠沛流离的磨难，这首诗抒写了诗人初闻叛乱平息的喜讯时内心的狂喜激动之情。全诗句句都洋溢着喜气，用大量的副词使诗句一气贯注，快如破竹，活泼流走，这是忧国忧民的杜甫平生第一首快诗。

碛[1]中作

岑　参

走马[2]西来欲到天[3]，

辞家见月两回圆。

今夜未知何处宿，

平沙莽莽[4]绝人烟[5]。

〔注释〕

① 碛（qì）：沙漠。

② 走马：骑马。

③ 欲到天：快要到天的尽头。

④ 莽莽：形容沙漠无边无际的样子。

⑤ 绝人烟：见不到人家、住户。

〔艺术评点〕

这首诗刻画了诗人在沙漠行军中片刻的细微心理活动，抒发了他在孤客投宿的月夜涌起的思乡之情。诗人一起笔就勾画出一幅壮阔苍凉的景象，在辽阔的沙漠四望：天地相接，走马西来，两见月圆，不仅交代了离家的时间和今夜月圆的日子，也蕴含了月圆而人不圆的感伤。但思乡之情刚一露头马上就打住了，他必须面对眼前的现实："今夜未知何处宿"，为什么找个宿处也犯难呢？因为"平沙莽莽绝人烟"。这首诗景象虽然荒凉，感情并不哀怨。尽管诗人思念家乡，情调毫不低沉，这使它读来别有风味。

征　怨[1]

柳中庸

岁岁金河[2]复玉关[3]，
朝朝马策[4]与刀环[5]。
三春白雪[6]归[7]青冢[8]，
万里黄河绕黑山[9]。

〔注释〕

① 征怨：远征打仗的士兵的怨恨，又作“征人怨”。

② 金河：黑河，故址在今内蒙古自治区呼和浩特南。

③ 玉关：甘肃玉门关，在敦煌西。

④ 马策：马鞭。

⑤ 刀环：刀柄上装饰的铜环。

⑥ 三春白雪：形容塞北严寒，时已暮春，山仍积雪。

⑦ 归：归向。

⑧ 青冢：汉王昭君墓，在今内蒙古呼和浩特。传说塞外草白，王昭君墓草独青，所以称“青冢”。

⑨ 黑山：一名杀虎山，在今呼和浩特南。

〔艺术评点〕

这首诗以一个征人的口吻展示了征人的四幅生活图景，每幅景象都围绕“怨”字展开。前二句选择征人所履、所施、所经的典型时间、空间和事件，用“岁岁”与“朝朝”、“金河”与“玉关”、“马策”与“刀环”相对成文，给人以单调、乏味、苦闷的感受：年年所去的不是金河就是玉门关，天天打交道的不是马鞭就是刀环。后二句也是两两相对，写自己老是在严寒荒凉的塞外转来转去，就像黄河缠绕着黑山往复循环的枯燥生涯。通篇不着一个“怨”字，但句句都含“怨”情。

柳中庸（生卒年不详），名淡，蒲州虞乡（今山西永济）人。曾做过洪府户曹。中唐诗人，现存诗十三首。

塞上曲[1]·其二

戴叔伦

汉家旌帜满阴山[2]，

不遣胡儿[3]匹马还。

愿得此身长报国，

何须生入玉门关[4]！

〔注释〕

① 塞上曲：唐代新题乐府诗，内容多写边塞的军事生活。

② 阴山：见王昌龄《出塞》注④。

③ 胡儿：古代对北方少数民族的蔑称。

④ 生入玉门关：东汉名将班超在西域守边数十年，战功卓著，深得各族人民尊敬，晚年思乡怀土，上书朝廷希望能“生入玉门关”，不愿意老死塞外。这里反用其意。

〔艺术评点〕

诗一落笔就写唐朝的军威远振，阴山南北插满了汉家军旗，接着写要斩尽一切来犯敌人的决心。最后两句直抒“此身长报国”的崇高心愿，只要祖国不遭侵犯，只要人民能享平安，自己愿意葬身塞外，埋骨阴山。全诗以慷慨激昂的语言写精忠报国的壮志。

戴叔伦（约732—789年），字幼公，润州金坛（今江苏金坛）人。中唐诗人。

和张仆射塞下曲[①]·其二

卢　纶

林暗草惊风[②]，

将军夜引弓[③]。

平明[④]寻白羽[⑤]，

没[⑥]在石棱[⑦]中。

〔注释〕

① 塞下曲：古代边塞的一种歌曲。唐代乐府诗。

② 草惊风：风吹草动。古人有“风从虎”的传说，见草随风动就以为有虎。

③ 引弓：拉弓。

④ 平明：清早。

⑤ 白羽：箭杆上的白色羽毛，此作为箭名。

⑥ 没：陷入。

⑦ 石棱：石头角。

〔艺术评点〕

将军夜间行猎，见树林幽暗处风吹草动，以为是老虎露面了，急忙弯弓搭箭，向那儿猛射。第二天清晨，将军去寻夜里射杀的猎物，才发现射中的不是老虎而是石头。从“草惊风”到“夜引弓”，再到“没在石棱中”，寥寥几笔，把将军“夜猎石头”的场面写得活灵活现，也把将军的勇武从容刻画得形象逼真。

卢纶（739—799年），字允言，河中蒲州（今山西永济）人。中唐诗人。

和张仆射塞下曲·其三

卢　纶

月黑[1]雁飞高，

单于[2]夜遁[3]逃。

欲将[4]轻骑[5]逐，

大雪满弓刀。

〔注释〕

① 月黑：没有月光，一片漆黑。

② 单（chán）于：古代对匈奴首领的称呼。

③ 遁：逃走。

④ 将：率领。

⑤ 轻骑：轻装快速的骑兵。

〔艺术评点〕

这是一幅生动的“将军雪夜追敌图”。前二句写敌军溃逃，后二句写我军追击。“月黑”是说漆黑一团，“雁飞高”是写了无声响，敌军头目趁机逃跑，可见军威所震处强虏丧胆。我军察觉敌军动向后，将军马上率领一支轻骑冒雪穷追，激战正要临近，诗却戛然而止，把战争的结果留给读者去想象、去猜测。黑夜追敌，大雪纷飞，明写行军的艰难，暗写将士的神勇。这首诗虽只二十字，但它的气魄音调，令人振奋。

白颊噪鹛（Pterorhinus sannio）

逢病军人[1]

卢　纶

行多有病住无粮，

万里还乡未到乡。

蓬鬓[2]哀吟古城下，

不堪[3]秋气[4]入金疮[5]。

〔注释〕

① 病军人：负伤的军人。

② 蓬鬓：鬓发蓬乱。

③ 不堪：承受不了，忍受不住。

④ 秋气：干冷的秋风。

⑤ 金疮：刀箭所致的伤。

〔艺术评点〕

这里写的是一位负伤还乡的伤病员，读来使人酸鼻。一负伤就成了部队的弃儿，有幸的是没有死在战场上，不幸的是可能死在了还乡的路上。“行多”本已疲惫，况且又“有病”，情势已不能再行了，住下来呢？带的干粮又全已吃尽，多耽搁一天就多挨一天饿，走不能，住不得。“万里还乡”本是幸事，“未到乡”又预示着可怕的结局。前二句交代“病军人”的悲惨处境，后二句则进一步刻画他那憔悴的外形：满头乱发，一脸灰尘，秋风刺骨，伤痛难忍，随时都可能死在墙脚或路边。它通过形象的描绘对下层士卒寄予深厚的同情，对万恶的上层社会进行了沉痛的控诉。

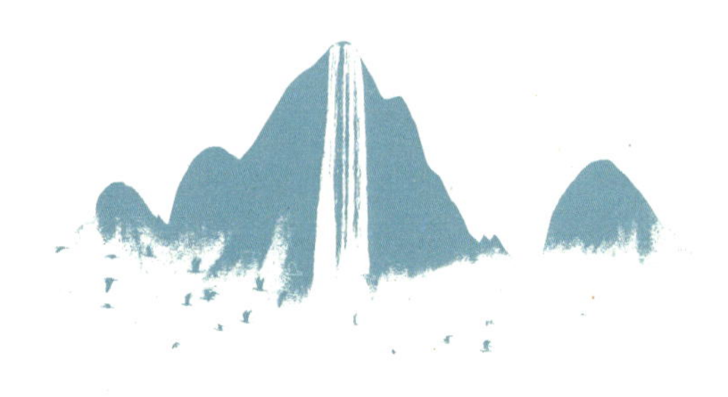

金斑鸻（*Pluvialis fulva*）

暮过回乐烽[1]

李　益

烽火高飞百尺台，

黄昏遥自碛南[2]来。

昔时征战回应乐，

今日从军乐未回。

〔注释〕

① 回乐烽：回乐县的烽火台。回乐县故址在今宁夏回族自治区灵武西南。

② 南：一作“西”。

〔艺术评点〕

烽火台上烽火高飞，可见当时军情正紧急，部队迅速集结，频繁调动，诗人所在的部队从老远的沙漠南边赶来，诗的前半部分渲染临战的紧张气氛。诗的后半部分没有续写军情和战争，而是把笔触深入战士临战前的心态。路过的县名“回乐”，意思当然不会是“回乡就快乐”，可是诗人抓住这两个字的字面含义，指出它反映了从前军人打仗以回乡为乐的心愿，而如今的军人却乐在未回。诗从“回乐”的字面引申开，以轻快的笔触抒发豪迈乐观的精神。拥有这样的军人，还愁战争不能取胜吗？

李益（约748—约829年），字君虞，陇西姑臧（今甘肃武威）人。中唐著名诗人，以写边塞诗闻名，长于七言绝句。

夜上受降城[1]闻笛

李　益

回乐烽[2]前沙似雪，

受降城外月如霜。

不知何处吹芦管[3]，

一夜征人[4]尽[5]望乡！

〔注释〕

① 受降城：唐代受降城有东、西、中三处，此诗所指为中受降城，故址在今内蒙古自治区五原西北。

② 回乐烽：见《暮过回乐烽》注①。

③ 芦管：乐器名，以芦叶为管，管面有孔，下端有铜喇叭嘴。

④ 征人：出征防守边塞的士兵。

⑤ 尽：全都。

〔艺术评点〕

“沙似雪”是写在受降城上俯瞰，“月如霜”是仰望，俯仰之间上下空明寒彻，这情景最容易引起思乡之情。而忽然传来的幽怨的芦笛声，就更打动了大家的乡情。“一夜”与“尽望”写出了人同此心，乡心深切而又普遍。诗将月色、笛声和乡情融为一体，构成了特有的诗情画意。

塞下曲[1]·其二

李　益

伏波[2]惟愿裹尸还，
定远何须生入关[3]。
莫遣[4]只轮[5]归海窟[6]，
仍留一箭定天山[7]！

〔注释〕

① 塞下曲：见前同题诗注。

② 伏波：东汉伏波将军马援，六十二岁还自请出征，说："男儿要当死于边野，以马革裹尸还葬耳。"马革即马皮。

③ 定远何须生入关：见戴叔伦《塞上曲》注④。

④ 莫遣：不要让。

⑤ 只轮：指一辆战车。

⑥ 海窟：本义为大海，此海指瀚海，即塞外大沙漠，用来代表北方少数民族聚居地。

⑦ 一箭定天山：唐初薛仁贵领兵在天山抗击九姓突厥，敌人有兵十余万人，派数人前来挑战，仁贵发三箭射杀三人，剩下的一人下马请降，以后不敢为患。当时军中唱道："将军三箭定天山，壮士长歌入汉关。"

〔艺术评点〕

这首诗通过对历史上三位著名将军的褒贬，来抒写自己为国献身的情怀。它肯定了"马革裹尸还"的豪气，歌颂了"一箭定天山"的勇武，批评了"生入玉门关"的儿女情长，全诗议论风发，慷慨激昂。

塞下曲

许　浑

夜战桑干北[1]，
秦兵[2]半不归。
朝来有乡信[3]，
犹自[4]寄寒衣。

〔注释〕

① 桑干北：桑干河北面，该河源出山西马邑，注入河北永定河。

② 秦兵：指唐朝政府军队。唐建都关中，为秦旧地，所以称秦兵。

③ 乡信：家乡来信。

④ 犹自：仍然。

〔艺术评点〕

诗的前半部分客观地叙述桑干河战役的悲惨结局：唐朝军队的士兵大部分没有活着回来。后半部分突出其中一位已经战死沙场的士兵家中“犹自寄寒衣”的典型情节，后方少妇还在远寄寒衣，而她梦里的征人已埋骨战场，读来真催人泪下，我们好像看到了无数男儿的尸骨，听见无数寡妇的悲泣，无数孤儿的啼号，这场战争悲剧的制造者真该千刀万剐。诗纯用叙事，不着一句议论，深沉含蓄，耐人寻味。

许浑（约 791—约 858 年），字用晦，润州丹阳（今江苏丹阳）人。晚唐诗人，自幼苦学多病，长于律诗。太和年间进士。

陇西行[1]·其二

陈　陶

誓扫匈奴[2]不顾身，

五千貂锦[3]丧胡尘[4]。

可怜无定河[5]边骨，

犹是[6]春闺梦里人！

〔注释〕

① 陇西行：汉乐府诗古题。陇西：古郡名，即今甘肃陇山以西的地方。

② 匈奴：汉时住在北方的少数民族，唐时没有匈奴族，此处泛指北方敌人。

③ 貂锦：战袍，此处指战士。

④ 胡尘：北方少数民族所居的沙漠地区。

⑤ 无定河：黄河中游支流，发源于内蒙古自治区，经陕西注入黄河。

⑥ 犹是：仍然还是。

〔艺术评点〕

首句叙述唐朝将士“誓扫匈奴”“不顾身”，可见士气十分高昂，可是这样富于牺牲精神的部队竟然有五千人丧命胡尘，又可见战斗如何激烈而伤亡是何等惨重。诗不再续写那悲惨的战后场面，而是通过具体形象的对比来揭示战争的悲剧性，来谴责不义战争给人民带来的深重灾难。将“无定河边骨”与“春闺梦里人”放在一起，一边是战场上已寒的尸骨，一边是妻子梦中魁梧的丈夫；征人已丧身胡尘，妻子却还在盼他早日回家团聚，这种对比形成了强烈的艺术效果，深化了诗歌所表现的主题。

陈陶（约 812—885 年），字嵩伯，江西鄱阳人。晚唐诗人。

己亥岁[1]·其一

曹　松

泽国[2]江山入战图[3]，

生民[4]何计乐樵苏[5]。

凭君[6]莫话[7]封侯[8]事，

一将功成万骨枯。

〔注释〕

① 己亥岁：诗人在题下注“僖宗广明元年”，即公元 879 年。

② 泽国：指江南水乡。

③ 入战图：陷入了战火。

④ 生民：人民，百姓。

⑤ 樵（qiáo）苏：打柴和割草。

⑥ 凭君：请你。

⑦ 莫话：别谈。

⑧ 封侯：古时帝王把“侯”的爵位赐给臣子。

〔艺术评点〕

这首诗严厉谴责了统治阶级的混战给人民带来的灾难和痛苦。前二句写战争使生灵涂炭，剥夺了人民的一切生路，连打柴割草、卖命度日的份儿也没有了。后二句用对比的手法揭露战争的本质，将“一”与“万”、“成”与“枯”进行对比，使人触目惊心。诗歌凝练概括，一字千钧。

曹松（生卒年不详），字梦徵，舒州（今安徽潜山附近）人。唐末诗人。七十余岁才中进士，曾官秘书正字。

十一月四日风雨大作·其一

陆　游

僵卧[1]孤村不自哀[2]，

尚思[3]为国戍[4]轮台[5]。

夜阑[6]卧听风吹雨，

铁马冰河[7]入梦来。

〔注释〕

① 僵卧：躺着不能动弹。

② 不自哀：不为自己悲哀。

③ 尚思：仍然希望。

④ 戍：守卫边疆。

⑤ 轮台：在今新疆轮台，这里泛指国家的边疆。

⑥ 夜阑：夜深。

⑦ 铁马冰河：披着铁甲的马和冰冻的河流，这里指激烈艰苦的战斗生活。

〔艺术评点〕

写此诗时陆游已是六十八岁的老翁。“僵卧孤村”状其身体的衰朽，“不自哀”写其精神仍然高昂，一为客观处境，一为主观心境，他从来就把个人的荣辱生死置之度外，临死前还念念不忘国家的前途和民族的命运。身正“僵卧孤村”，心却想着“为国戍轮台”，其忧国忧民之心多么感人！前二句写“日思”，后二句写“夜梦”，日有所思必夜有所梦，由风雨大作的声响，梦见当年“铁马冰河”的豪迈生活，把诗人的感情推向高潮。全诗悲壮激昂，气度恢宏，读来虎虎有生气。

图书在版编目(CIP)数据

激发孩子想象力的古诗100首/戴建业撰. —上海：复旦大学出版社,2021.7
ISBN 978-7-309-15780-2

Ⅰ.①激…　Ⅱ.①戴…　Ⅲ.①古典诗歌-中国-少年读物　Ⅳ.①I222

中国版本图书馆CIP数据核字(2021)第133893号

激发孩子想象力的古诗100首
戴建业　撰
责任编辑/刘西越

复旦大学出版社有限公司出版发行
上海市国权路579号　邮编：200433
网址：fupnet@fudanpress.com　http://www.fudanpress.com
门市零售：86-21-65102580　团体订购：86-21-65104505
出版部电话：86-21-65642845
上海丽佳制版印刷有限公司

开本890×1240　1/32　印张9　字数169千
2021年7月第1版第1次印刷

ISBN 978-7-309-15780-2/I·1284
定价：68.00元

如有印装质量问题，请向复旦大学出版社有限公司出版部调换。
版权所有　侵权必究